KB273158

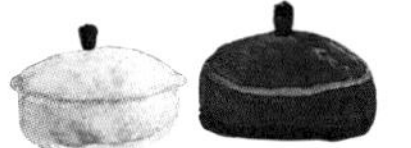

살다 살다 봄이 된 것은

1판 1쇄 인쇄 2025. 7. 22.
1판 1쇄 발행 2025. 7. 30.

지은이·엮은이 최소연
그린이 제주 그림할망(강희선·고순자·김옥순·김인자·박인수·오가자·조수용·허계생·홍태옥)

발행인 박강휘
편집 유승연·김성태 | **디자인** 박주희 | **마케팅** 정희윤 | **홍보** 박상연
발행처 김영사
등록 1979년 5월 17일 (제406-2003-036호)
주소 경기도 파주시 문발로 197(문발동) 우편번호 10881
전화 마케팅부 031)955-3100, 편집부 031)955-3200 | 팩스 031)955-3111

저작권자 ⓒ최소연·소셜뮤지엄, 2025
이 책은 저작권법에 의해 보호를 받는 저작물이므로
저자와 출판사의 허락 없이 내용의 일부를 인용하거나 발췌하는 것을 금합니다.

값은 뒤표지에 있습니다.
ISBN 979-11-7332-293-8 03810

홈페이지 www.gimmyoung.com   **블로그** blog.naver.com/gybook
인스타그램 instagram.com/gimmyoung   **이메일** bestbook@gimmyoung.com

좋은 독자가 좋은 책을 만듭니다.
김영사는 독자 여러분의 의견에 항상 귀 기울이고 있습니다.

(살다 살다 봄이 된 것은)

최소연 짓고 엮음 | 제주 그림할망 그림

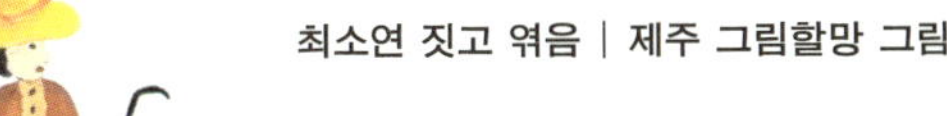

김영사

일러두기

제주 그림할망들이 그린 그림을 선별해 수록하고, 그림선생 최소연의 해설을 실었다.
저자 고유의 문장을 살리기 위해 제주 방언과 입말을 최대한 살렸다.
제주 방언 풀이는 저자의 해석을 따랐고, 최초 등장 시 1회만 병기했다.

마음이 아파도 몸이 아파도 살아야지

무사 밭을 놀렴 시니 (놀리면 쓰나)

씨를 뿌리난 (뿌리니까)

초록 씨가 나완 (나와)

씨가 잘 나면 (잘 자라면)

마음이 편난하다 (편안하다)

초록할망 홍태옥

들 어 가 며

제주 선흘마을에 그림을 그리는 할망(할머니)들이 있습니다. 할망들은 매주 그림작업장에서 주름 가득한 손으로 붓을 잡습니다. 붓을 잡기 전까지는 긴 세월 흙을 만지며 보낸 분들이지요. 자신을 화가라고 소개하지 않지만 할망들은 삶을 예술로 승화해온 예술가입니다.

2021년, 제주 선흘마을로 이사 온 저는 산책길에 우연히 할망들의 창고를 보게 되었어요. 할망들의 창고에는 밭을 일구는 데 필요한 온갖 도구들이 진열되어 있었지요. 평생을 함께한 때 묻은 도구들이 펼쳐진 그 풍경은 정말이지 한 예술가의 작업실과 조금도 다르지 않았답니다. 선흘마을에는 이런 여성의 작업실이 군데군데 있었지요. 감동적이었어요. 그곳에서 영감을 받은 저는 소셜뮤지엄팀과 '할머니의 예술창고' 프로젝트를 시작했습니다. 대안학교인 볍씨학교 제주학사 학생들과 창고를 치우며 그림을 아카이빙하는 수업을 열었어요. 하지만 빈 캔버스가 부른 것은 청소년뿐만이 아니었습니다.

그날은 '초록할망' 홍태옥 삼춘(어르신)의 창고에서 수업을 진행하고 있었습니다. 빈 이젤 앞을 두리번거리던 초록할망이 물었어요.

"무시거(이게 뭐야)?"
"목탄이에요. 나뭇가지를 태워서 만든 그림 그
리는 도구예요."
"나도 기려보까(그려볼까)?"

고개를 끄덕이니 할망이 목탄을 쥐어 들고는 허
공에 휘휘 손을 몇 번 저었어요. 그러고는 곧장 흰
캔버스에 빠져들었지요. 그 첫 손질의 순간이 지
금도 선명합니다. 그렇게 할망은 그림 수업의 일원
이 되었지요.
홍태옥 할망과의 일대일 그림야학은 순조롭게
이어졌고, 《37년생 홍태옥》이라는 그림책을 엮게
되었어요. 그 후 할망 친구들이 "홍태옥이 내가 잠
만 자는 동안 책을 맹글었구나" 하면서 그림 수업
에 관심을 가졌습니다. 그렇게 강희선 삼춘, 고순
자 삼춘, 김인자 삼춘, 오가자 삼춘, 조수용 삼춘
이 그림 수업에 참여했어요. 2022년부터 할망들의
집 한편에 화실이 마련되었고, 농기구를 보관하던
창고가 그림창고로 탈바꿈했습니다. 평생 밭을 일
궈온 손에서 그림이 탄생하게 되었지요.

할망들은 한 해 농사짓듯 그림을 그리고 그해 겨울쯤 전시를 합니다. 2022년부터 매해 전시를 열었어요. 2024년 12월에는 열한 분의 할망이 참여해 〈기막힌 신들의 세계〉라는 전시를 열었지요. 할망들의 그림과 삶을 신화적 세계로 승화한 전시였습니다. 할망들에게 소막(소 막사)할망, 무지개할망, 우영팟(텃밭)할망, 고목낭(고목나무)할망, 무화과할망, 신나는할망, 초록할망, 우라차차할망, 불할망, 밧(밭)할망, 춘자할망 등 별칭을 붙인 것도 그때였어요. 할망들은 별칭에 맞는 본풀이(제주 문화에서 신이 자신의 내력을 이야기하는 것)를 글과 그림으로 녹여내며 각자의 세계관을 단단히 구축해나갔지요. 어느 정도 캐릭터가 잡혔을 무렵 퍼포먼스를 주제로 수업을 진행했어요. 그림뿐만 아니라 화가 자신의 몸으로 작품을 만드는 연습을 하고자 했어요. 더불어 전시 포스터에 들어갈 사진도 촬영했지요. 할망들은 각각 별칭에 맞는 신神 분장을 했습니다.

"사람들이 숭보고(흉보고) 웃을 겨."
"우리가 신방(무당)이 됐다고 욕하려나 몰라."

촬영이 낯설어 처음에는 두려워하시기도 했어요. 하지만 분장과 메이크업을 마치고 선흘체육관으로 이동해 마을 사진감독의 어마어마한 촬영 세트에 선 순간 할망들은 금세 상황을 읽어나갔지요. 학교는 안 다녔지만 어깨너머로 배워온 삶이 있었어요. 실은 그 촬영이 하나의 그림 작품 같았답니다. 분장실에서 소셜뮤지엄팀과 마을 청년들이 함께 분장과 의상, 포즈를 연출하다 보니 자연스레 웃음과 감격의 눈물이 터져 나왔습니다.

"시집올 때도 이추룩(이처럼) 못 해봔(해봤어)."
"아이고, 나도 미친 거 해보자!"
"나가 무지개 신이 된 거네. 사람덜 위해 기도를 해주어야지."

결과는 대성황이었어요. 할망들의 집 문간에 〈기막힌 신들의 세계〉 대형 포스터가 붙자, 전시를 보러 육지에서 관객이 1,000명 이상 찾아와 온 마을이 들썩였어요. 인구 1,000명의 작은 마을이 매일매일 축제였지요. 관객들은 할망들의 손을 잡고 말했어요.

"삼춘 고맙수다."
"삼춘이 이추룩 살았는지 몰랐수다."
"그렇게 딸에서 할머니가 되어서 머리에 버섯이 피었구나."

말하면서 눈물을 흘리니 할망들이 등을 다독이고 손을 감싸안았어요. 관객들은 그림창고에 오

래 머물렀고 그림할망들과 살갑게 팔짱을 끼어가
며 몸으로 어울렸습니다. 관람객으로 왔던 분들이
도슨트로 자원해 할망들의 미술관을 함께 지켜주
고, 여러 대학에서 이 작은 마을의 모델을 배우고
싶다면서 로컬 런케이션(제주시는 지역Local, 배움Learn,
휴식Vacation을 결합하여 지역 자원과 대학을 연계한 투어를
통해 농촌 지역 활성화를 도모하고 있다)을 오고 있어요.
그림이 다가 아니랍니다. 할망들 미술관을 순례하
고 부녀회나 할망 자제분들이 운영하는 로컬 식당
이나 '선흘식탁'에서 밥을 먹은 사람들은 두 배로
감동했어요. 그림뿐만 아니라 작물과 음식에도 모
두 할망들의 영혼이 담겨 있었지요.

할망들이 '기막힌 신'에 도달한 챕터 1의 대장
정 막을 내리고 체력이 방전된 저는 일주일 동안
끙끙 앓았습니다. 2025년 1월 1일 새해도 침대에
누워 보냈고, 그 후로도 며칠간 침실 밖으로 나서
지 못했어요. 그렇게 몇 날 며칠을 앓고 있던 어느
날, 저는 뜻밖의 이메일 한 통을 받았습니다.

"넷플릭스가 제주 배경으로 만든 드라마 〈폭싹
속았수다〉가 2025년 3월 공개 예정인데, 제주
그림할망들과의 협업을 제안합니다. 할망들이
그려내는 따뜻한 제주 감성과 정서가 드라마의
메시지와 잘 어우러져 협업을 통해 좋은 시너지
를 내고 싶습니다. 1, 2화를 미리 시청하고, 작
품과 관련한 주제로 그림을 그리는 과정을 영상
에 담아내려 합니다."

그 순간 정신이 번쩍 들었습니다. 이제 그만 일
어나라는 신호로 여겨졌어요. 침실 밖으로 나와
할망들에게 갔지요. 몸이 아프다는 사실도 새까
맣게 잊고요. 할망들을 모아 의논을 했습니다.
'넷플릭스와의 협업을 어떻게 설명해야 할까?'
고민이 좀 되었어요. 할망들은 넷플릭스를 모르시
거든요. TV 채널도 고정해놓고 하나만 보십니다.
할망들은 서로를 바라보며 말했어요.

"네풀이 뭐라?"
"테레비에 안 나온다고?"
"넷푸르지?"

피식 웃음이 새어 나왔어요. 저 혼자만 심각했다
는 생각에 긴장이 풀어졌습니다. 웃으면서 말했지요.

"삼춘들이 평소 많이 보는 드라마를 제주에서
찍었는데요. 세상 사람들보다 한 달 먼저 우리
에게 보여준대요."
"누개(누가) 나와?"
"아이유, 박보검, 문소리가 나와요."
"몰라."
"제주 배경으로 찍은 드라마예요. 해녀도, 제
주 말도 나오고. 같이 모여 영화 보는 것추룩(것
처럼) 놀멍 쉬멍(놀면서 쉬면서) 보면 어떨까?"

할망들은 고민도 않고 편히 말했어요.

"보자."

넷플릭스가 찾아온 것은 2025년 2월 중순쯤이었어요. 할망들이 '마음작업장'이라 부르는 조그마한 그림작업장에 모였지요. 마음작업장은 부둣가 선착장을 모티브로 만든 공간이에요. 이웃 주희 삼춘이 무상으로 빌려준 공간을 동네 목수와 마을 청년들과 의기투합해 먼지를 털어내고 작업장으로 재탄생시켰지요. 할망들이 공동으로 그림 작업하기 편하시도록 지혜롭게 설계했고, 못을 쓰지 않고 정성스레 만든 목가구를 채워 넣었어요.

그 작업장 곳곳에 넷플릭스 스태프들이 대형 모니터와 카메라를 설치했어요. 할망들이 올망졸망 모여 앉아 드라마가 시작되기를 기다렸습니다. 멀리서부터 부두로 돌아오는 어선을 맞이하는 표정을 짓고서요.

1화가 시작되자 "저건 무시거 아고게" "아이고, 아이고" 할망들의 리액션이 이어졌습니다. 유채꽃밭에서 관식이와 애순이가 입을 맞추자 신나는할망은 말했지요.

"오래도 하네. 입맞춤."

관식이의 날아 차기를 보고 박장대소하기도 했

습니다. 그리고 얼마 뒤, 소막할망은 눈물을 글썽
이며 말했지요.

"어멍…… 보고파서. 너무너무 보고파."

얼마 뒤, 작업장에 모인 할망들은 그림 그리기
를 머뭇거렸습니다.

"무사 드라마를 봥. 무사 뭘 그리느냐게."
"눈앞에 뭐가 탁 이서야(있어야) 봥 그리주."

할망들은 직접 대면한 세계를 그리는 것에 익
숙했거든요. 종이에 무수(무)를 올려놓고 따라 그
리거나, 입었던 옷을 올려놓고 본뜨듯 따라 그리기
를 잘하는데, 이미 눈앞에서 사라진 드라마는 어
느 장면을 어떻게 생각해서 그려야 할지 모르겠다
고 했어요. 결국 한 분 한 분 대화를 나누어 고민
을 해결해보기로 했습니다. 먼저 초록할망과 대화
를 시작했어요.

"삼춘, 애순이가 어멍 죽어 불고 무덤가에 서서
그 밭을 놀리면 안 된다고 했잖아요."
"그치 밭은 놀리면 안 돼여."
"그래서 거기 양배추 심었는데 마음이 어땠어
요?"
"내가 어떵 알아져?"
"삼춘도 제주 4·3에 새까맣게 불탄 집에서 좁씨
를 심어다 초록 싹이 올라오는 걸 봤잖아요. 그
기막힌 기억을 가지고 지금 초록할망이 된 거고

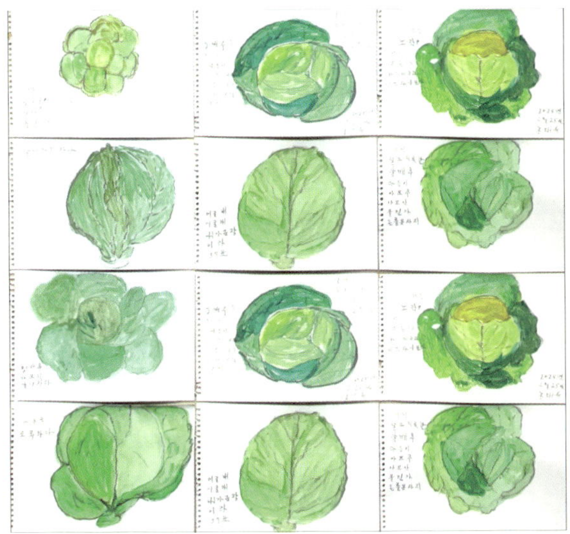

요. 무덤가에 양배추를 심는 마음을 불탄 데 초
록 싹을 심은 삼춘이 모르면 누가 알아요?"

그랬더니 초록할망이 말했어요.

"게매, 초록 싹처럼 양배추는 그릴 수 있지만
은."

그렇게 초록할망 입에서 사물 하나를 건져 올린
저는 전시팀에 SOS를 해서 함덕오일장에서 양배추
를 사다가 대령했어요. 그랬더니 초록할망이 양배추
를 이래저래 굴려보고는 하나씩 그려가기 시작했지
요. 양배추마다 옆에 문장이 하나씩 달렸고요. 그렇
게 〈양배추 연작〉이 나왔어요.

"삼춘, 이 백지가 그냥 밭이라."

성실하고 그림 욕심 큰 초록할망은 하나둘 스케치를 쌓아가더니 금세 벽에다 양배추밭을 만들었지요.

드라마의 장면 속에서 할망이 구슬을 하나 꺼내다가 자신의 구슬과 함께 꿰맨 거예요. 양배추가 제주 제주 4·3에 불탄 집터에서 심은 좁쌀과 한 실에 꿰어져 목걸이가 된 것이지요. 누군가가 함께하면 기억이 선명해져요. 초록할망에게 양배추는 다시 살아도 된다는, 다시 살 수 있다는 상징 같아요. 과거에 자신이 심은 좁씨처럼요.

원래 소를 자주 그려오던 소막할망도 이번에는 무엇을 그려야 할지 갈피를 잡지 못했어요. 할망에게 소는 자기 자신과 같은 대상이었어요. 언젠가 젖이 많은 암소를 그리고는 "저 소가 나였구나"라고 나지막이 읊조렸지요. 소 같은 사람. 드라마를 본 소막할망이 고민 끝에 그린 것은 다름 아니라 바로 해녀였어요. 해녀도 소처럼 소막할망에게는 자기 자신과 같은 대상이었지요.

일전에 제주해녀박물관에 가서 할망들과 스케치를 했을 때였어요. 소막할망이 유리 진열장 안에 잘 보존된 해녀복과 도구들, 특히 물안경을 보고는 '눈'이라 말하며 애착을 보였어요. 그렇게 한참 구경하다가 "선생, 나도 해녀였어"라고 고백을 하시더라고요. "세상이 좋아져 해녀도 무형문화재가 되고 이렇게 보관도 한다"라면서 감회가 새롭다고 했어요.

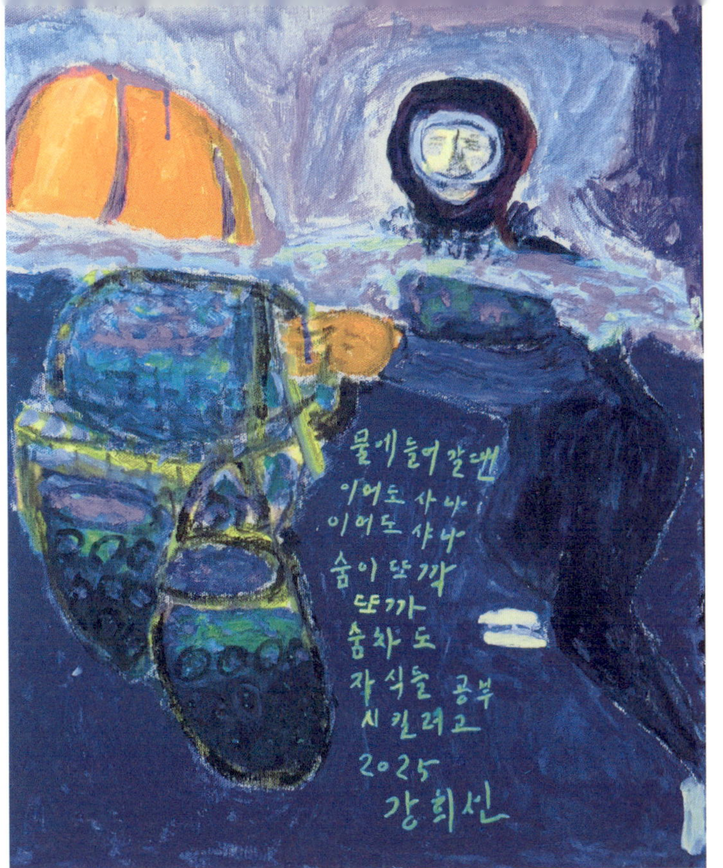

소막할망은 이번에 해녀 시절 깊은 바다에서 건져 올린 전복과 해녀들의 불턱(해녀들이 물질 전후 휴식과 정비를 하는 공간)을 그렸어요. 숨이 또깍 또까 넘어갈 것 같아도 물속으로 들어가던 시간들. 소막할망의 그림 속에 성게, 전복, 문어가 되살아났어요. 과거를 간직한 빛이 물결처럼 일렁였지요.

신나는할망은 드라마를 보고는 어릴 적 추억을 떠올렸어요. 할망이 어릴 적에 한번은 아픈 엄마가 밭에 가 일 좀 대신하라며 어린 동생을 붙여줬대요. '동생까지 붙여 가면 밭일이 될 건가?' 너무

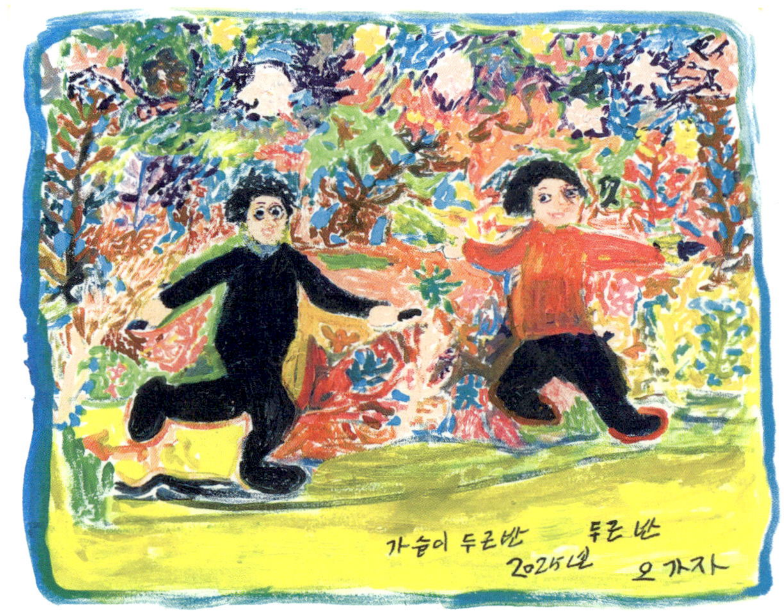

귀찮았대요. 그런데 밭에서 온종일 일하다 가만 보니까 골갱이(호미)로 바닥만 콕콕 찌르는 동생이 벗처럼 느껴지더래요. 엄마가 벗하라고 동생을 붙여줬구나. 엄마가 나한테 어떤 존재가 필요할지 미리 알고 요정을 하나 붙여줬구나. 그래서 땅만 콕콕 찌르다 이내 잠든 동생을 보고도 할망은 그렇게 '신'이 났다나 봐요.

그래서일까요? 이번에 신나는할망이 그린 그림에서는 유독 동심이 많이 느껴져요. "나 잡아봐라" 하고 두 사람이 숲속을 달리니까 풍경이 출렁거려요. 할망이 그림 앞에서 "나 잡아봐라" 달음박질하는 포즈를 잡고 그림을 설명할 때 그림작업장에 탄성이 터졌지요.

"어제저녁엔 그림이 될까 말까 불안했지. 그런데 선생님이 좋다고 하니, 이제 된 것 같다."

귀가 막혀 소리가 잘 들리지 않는 날에도 그림이 좋다는 말은 선명하게 살아남아 할망의 성실한 붓끝을 오색 빛으로 물들여요.

맨 처음 구체적인 대상을 찾지 못해 무얼 그리나 망설이던 할망들은 이렇게 자신의 세계와 드라마 이야기가 중첩되는 부분을 찾아 공감의 언어로 그림을 그려나갔어요.

2025년 3월 말, 한 달여간의 준비 끝에 〈폭싹 속았수다〉 낭독회와 GV 행사장에서 할망들의 〈폭싹 속았수다〉 전시가 열렸습니다. 이른 아침 제주에서 서울로 가는 비행기를 탔어요. 구름을 뚫고 날아오를 때 무지개할망이 말했지요.

"이녁이(내가) 빛 소그로(속으로) 날아."
"이녁이 훤허게 시리 빛이 되언."

초록할망이 둥근 창문 너머로 작아지는 땅을 바라보며 중얼거렸어요.

"저디 아래를 보민 나 살아온 디가 족아져(작아져)."

그림할망들에게 비행은 단순한 이동이 아니라 도약이자, 삶이 솟구치는 초월의 순간이라는 생각이 들었습니다. 그 여정은 지금도 계속되고 있습니다. 그림으로 말하는 할망들에게 그림은 새로운 언어이자, 고유한 세계입니다. 그들은 땅과 하늘을 넘나들며 자신의 우주를 그리고 있어요. 이것은 기막힌 신들의 여정이지요.

할망들과 선흘 그림작업장을 공유하고 어울려 사는 삶은 제게 우주 만물을 다른 차원으로 이해시켜주었습니다. 전보다 하늘과 땅이 가깝게 다가옵니다. 할망들의 그림선생이 되고 제 삶은 완전히 달라졌어요. 기막힌 신들의 세계에 도달한 할망들을 믿게 되었습니다.

머리가 아프면 약국에 가는 대신 초록할망에게 건너가 머리를 내밀며 쓰다듬어달라고 합니다. 초록할망은 정원의 로즈메리를 쓰다듬으며 "사랑한다 사랑한다" 주문을 거시거든요. 할망의 손이 제 머리칼에 닿고 "사랑한다 사랑한다" 주문이 읊조려지면 제 내면의 아이가 손길을 필요로 했다는 사실을 깨닫게 됩니다.

작업장에서 체력이 소진되면 무지개할망에게 국수를 삶아달라고도 합니다. 무지개할망이 부엌에서 커다란 두 손으로 도토리가루 반죽을 치대는 과정을 보고 있으면 신기하게도 뭉친 어깨를 누군가 주물러주는 것 같아요. 오일장에서 사 온 갈치도 튀기고, 밭에서 따 온 채소도 버무립니다. 펀스토랑이 아니라 할스토랑이에요. 순식간에 기막힌 밥상이 만들어집니다. 제 입으로 밥 들어가는 것을 세상 재미있어하시는 얼굴 덕분에 금세 회복이 됩니다.

인구 1,000명의 작은 선흘마을에서 그림선생으로 다사다난한 하루를 보내다 보니 가난하기는 해도 꼭 봄이 된 것만 같아요. 그림선생 떠나면 안 된다고, 할망들 그림의 불씨가 사그라들면 안 된다고, 십시일반으로 모두들 작업을 돕고 있습니다. 농협 창고를 그림작업장으로 변신시키기 위해 마을 사람들이 포클레인으로 돌무더기를 치우고, 페인트를 칠했어요. 전기공사를 해서 그림들을 비출 등을 매달고, 춥고 덥지 않도록 냉난방기를 들였고요. 이 모든 과정을 곁에서 지켜보면서 "가난해도 아이만 있으면 살아진다"라는 고목낭할망의 철학을 곱씹습니다. 할망들과 새 작품을 품을 때면 새 생명을 몸 안에 모시는 것만 같아요. 돌아보니 할망들과 그림을 구상하고 생산하는 이 모든 과정이 봄이었습니다.

해녀들이 불턱에 모이듯, 할망들이 선흘 그림작업장에 모여듭니다. 떡을 찌어 오고, 고구마를 튀겨 옵니다. 선흘에 정주하며 살아가는 우정의 공동체. 서로의 안부를 그렇게 확인합니다. 그림을 그리거나 그리지 않거나, 어쨌든 모여 그림 이야기를 나누며 하루를 엮어갑니다.

"오널 계생이(불할망) 그림이 참 좋은 게. 딱 불턱인 게."

그림선생인 저는 매일 탄복할 뿐입니다.

"삼춘, 오늘 그림 막 좋다."

고목낭할망은 주름진 얼굴을 펼치며 배시시 웃습니다.

"기림(그림) 기리는 동무들."

나지막이 둘러앉아 오늘이라는 시간을 함께 살

아내는 느슨한 동지들. 손끝에서 사각사각, 마음의 형상이 피어납니다. 고요한 시간 속에서 할망들의 오래된 손이 캔버스를 채웁니다. 제주 4·3 기억 속에서 오랫동안 숨죽였던 웃음이 고목에서 꽃 터지듯 피어납니다. 그림작업장에서 매일, 그림 같은 순간들을 차곡차곡 쌓아갑니다. 삶의 한 조각이 될 그 순간들을, 우리는 매일 그리고 또 그립니다. 인생의 새로운 막이 열립니다.

이 책에 아홉 명의 제주 그림할망들이 빚어낸 그림과 시, 그리고 저의 감상을 담았습니다. '찐 애순이' 할망들은 책이 나오면 이불 속에 넣고 주무십니다. 이번 책도 분명 할망들과 함께 이불 속으로 들어가겠지요.

저는 오늘도 그림할망들이 캔버스를 들고 올레 길을 돌아 낮은 지붕 아래 촌집을 오가는 풍경을 떠올립니다. 독자 여러분이 이 책을 펼치며 고되지만 찬란히 빛나는 순간들을 그려보시길 바랍니다.

2025년 초록빛이 느껴지는 날
최소연

제주 그림할망

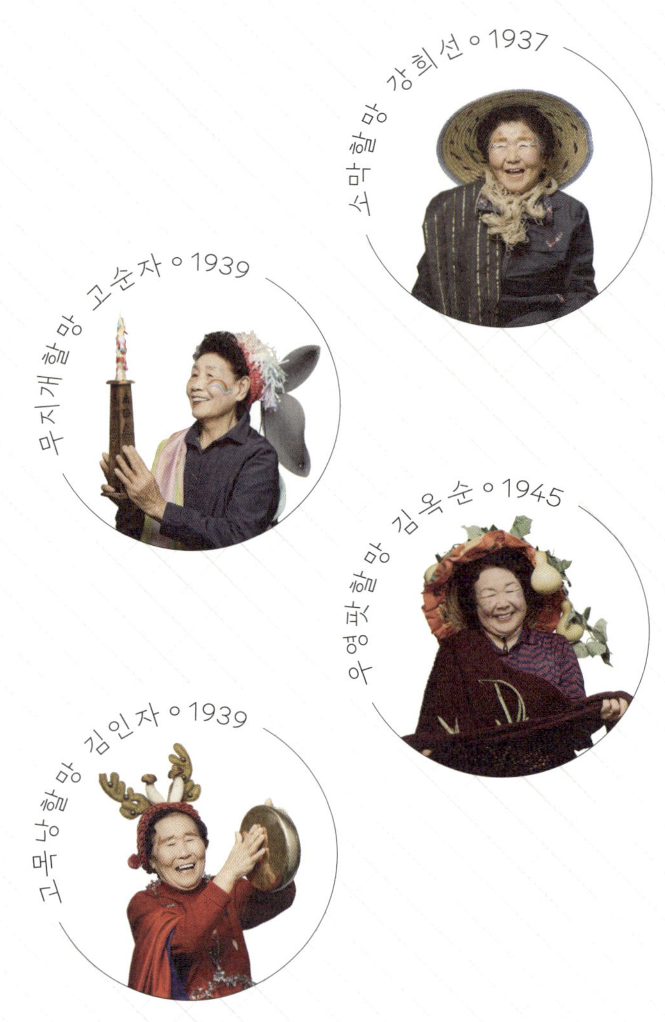

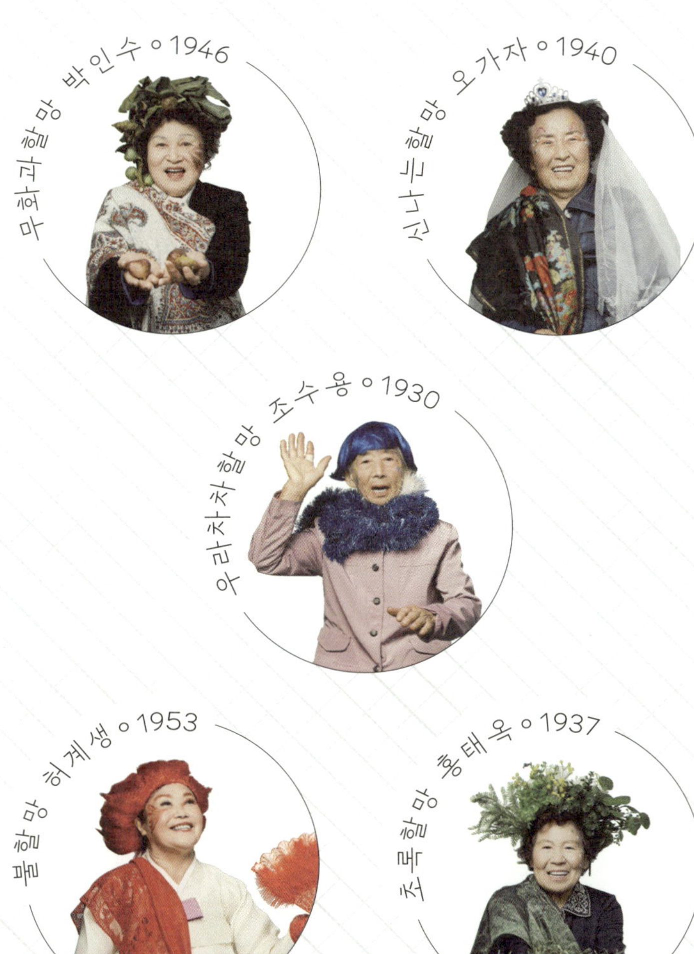

무화과 할망 박인수 ∘ 1946
신나는 할망 오가자 ∘ 1940
우라차차 할망 조수용 ∘ 1930
꽃 할망 허계생 ∘ 1953
초록 할망 홍태옥 ∘ 1937

차례

"숨이 또깍 또까 숨차도 자식들 공부시킬려고."

소막할망은 해녀가 짊어진 사랑의 무게를 난폭한 바다 위에

숭고하게 그려냈습니다.

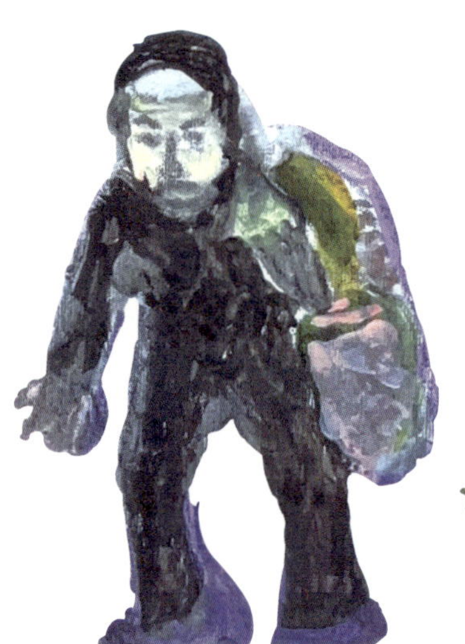
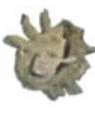
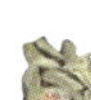
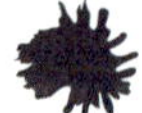

1

숨이 또깍 또까 차더라도

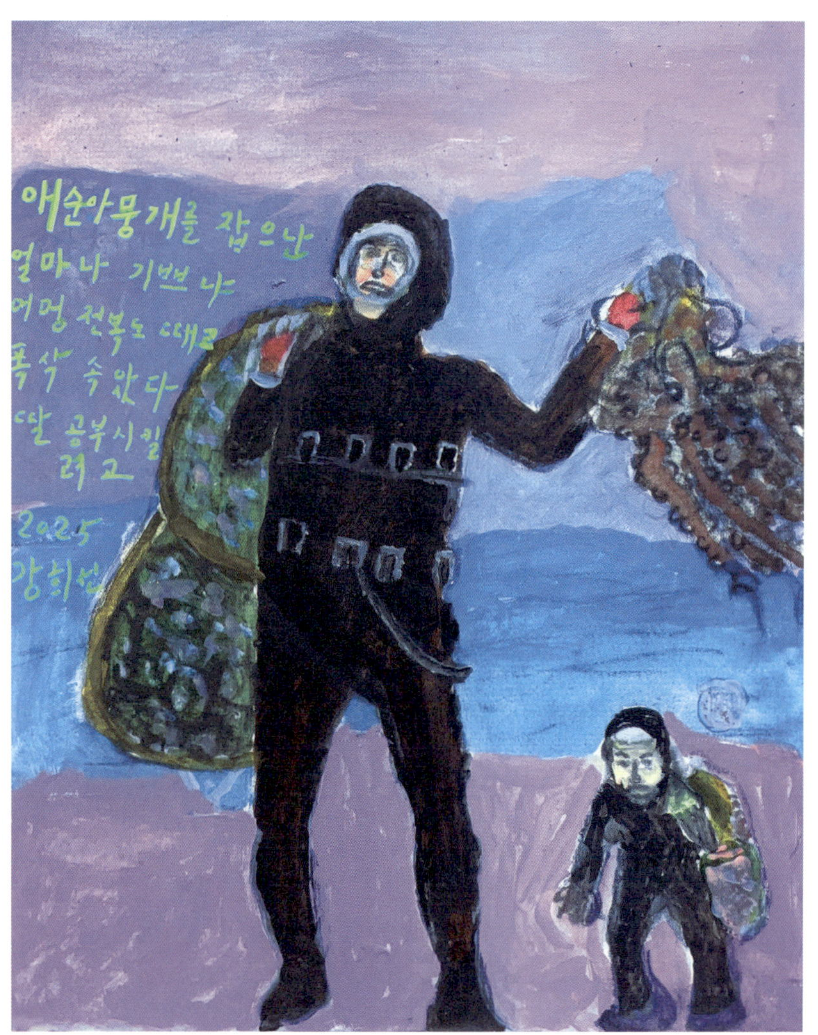

소막할망 강희선, 캔버스에 아크릴, 2025

새벽 기도로 하루를 여는 소막할망은 바다의 숨결을 간직한 해녀들의 인내력과 생명력을 그려 냅니다. 소망할망의 작품에는 깊은 물속에서도 희망을 놓지 않는 존재의 빛과 힘이 고요히 머물러 있습니다.

전복이 가득 든 망사리를 멘 해녀의 왼손에는 살아 꿈틀대는 뭉개(문어)가 들려 있습니다. 뭉개는 깊은 바닷속으로 물질을 반복하는 해녀의 거친 삶에 불쑥 찾아오는 선물입니다. 뭉개를 번쩍 든 해녀의 기쁨이 이곳까지 여실히 전해집니다.

한편 저 뒤에도 망사리를 짊어지고 걸어오는 해녀가 보입니다. 그녀의 굽은 등에서 이번 물질이 얼마나 고됐는지 느껴집니다. 그녀의 존재는 삶이 늘 함께 버텨내는 것임을 알려주는 듯합니다. 두 해녀를 통해 소막할망은 고된 노동을 함께 이겨낸 손끝에서 꿈틀대는 생의 환희를 그려냈습니다.

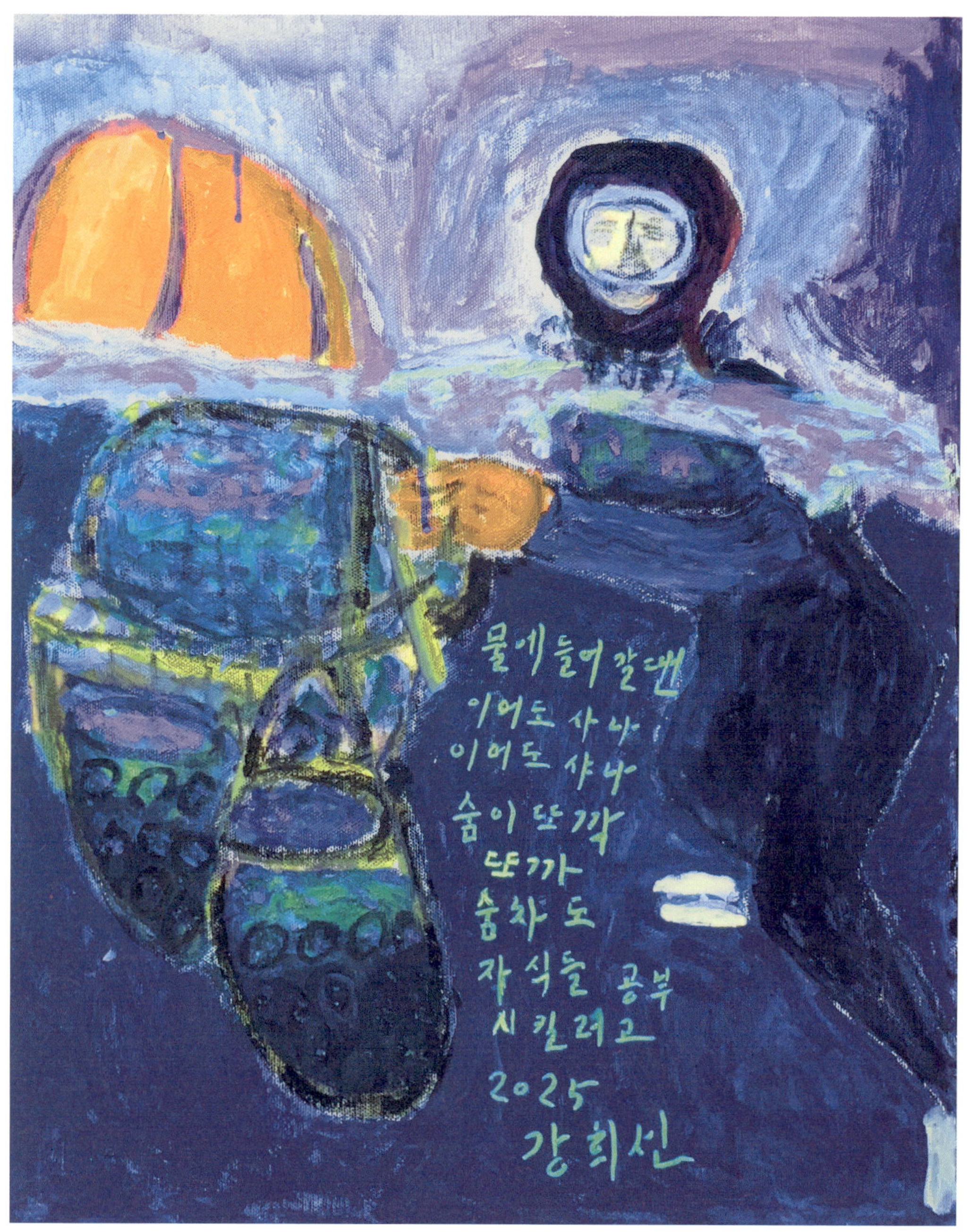

소막할망 강희선, 캔버스에 아크릴, 2025

물 밖으로 나온 해녀가 거친 수면 위에서 정면을 응시한 채로 숨을 헐떡입니다. 그 옆에는 붉은 태왁이 떠 있습니다. 태왁은 잠시 숨을 고르기 위해 의지하는 부표로 해녀의 수고를 덜어주는 지지대입니다. 짙푸른 물 아래 세계에서 "이어도사나 이어도사나" 속으로 노동요를 외웠을 해녀의 망사리에는 전복이 가득합니다. 물질을 마치고 물 밖으로 나와 '호오이 호오이' 하고 내뿜는 숨비소리가 들리는 것만 같습니다. 그림 왼쪽에 숨을 다스린 끝에 건져 올린 작고 단단한 생명이 태왁 아래 불룩합니다.

"숨이 또깍 또까 숨차도 자식들 공부시킬려고."

소막할망은 해녀가 짊어진 삶의 무게를 난폭한 바다 위에 숭고하게 그려냈습니다.

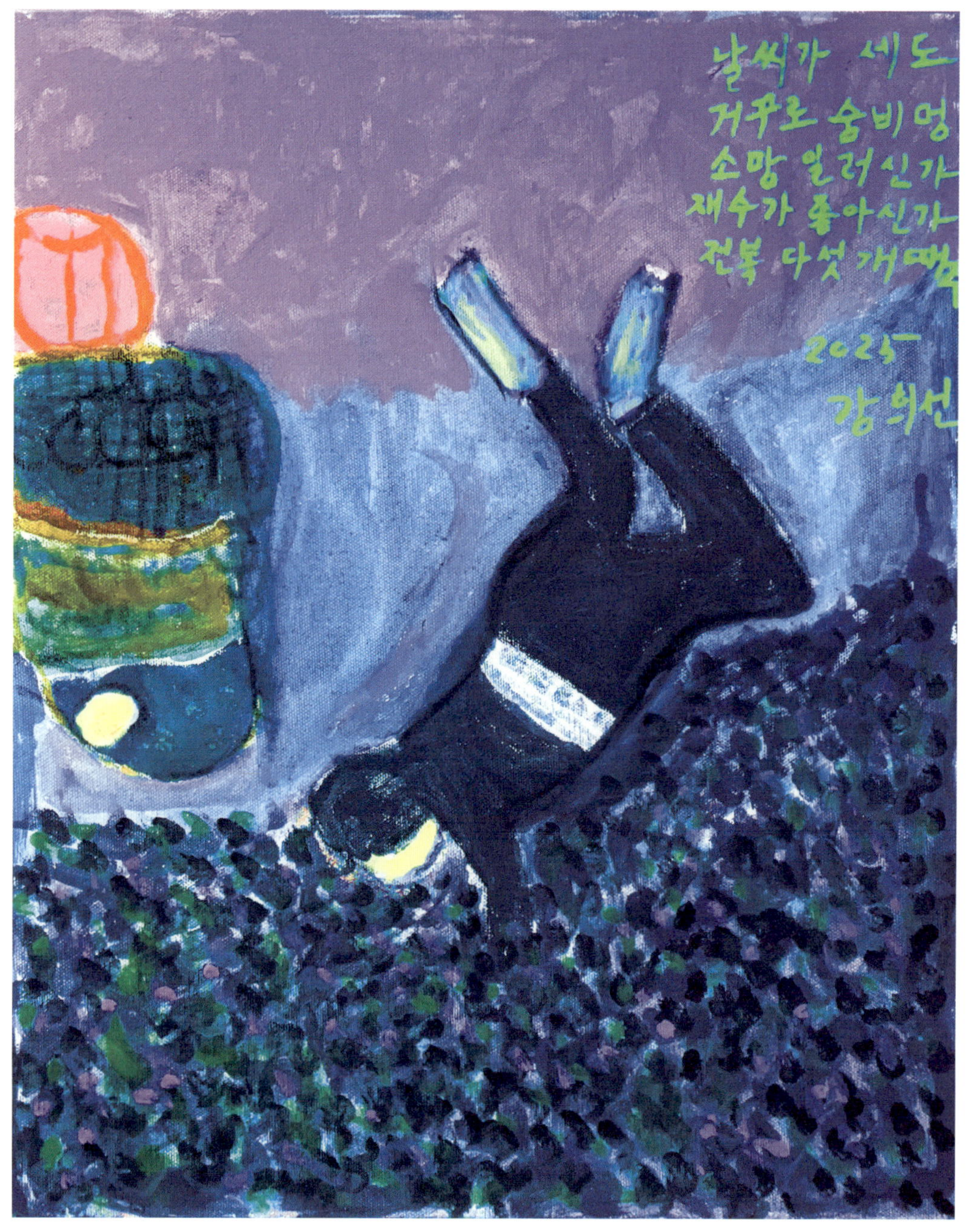

소막할망 강희선, 캔버스에 아크릴, 2025

거꾸로 선 해녀가 바다 밑바닥을 손으로 더듬
고 있습니다. 물 위에는 붉은 테왁이 아련히 떠 있
고, 망사리에는 전복이 한 개 담겨 있습니다. 이 작
은 전복 하나를 얻기 위해 숨을 다스리면서 어둠
속을 더듬는 몸짓이 어떻게든 삶을 살아가려는 단
단한 의지를 보여줍니다. 해녀들은 깊은 물속에서
도 최소한의 산소로 절제된 움직임을 유지합니다.
이건 고도의 집중과 훈련이 만든 몸의 언어입니다.
제목처럼 "전복 다섯 개"를 따기까지 거친 물질을
계속 반복하겠지요.

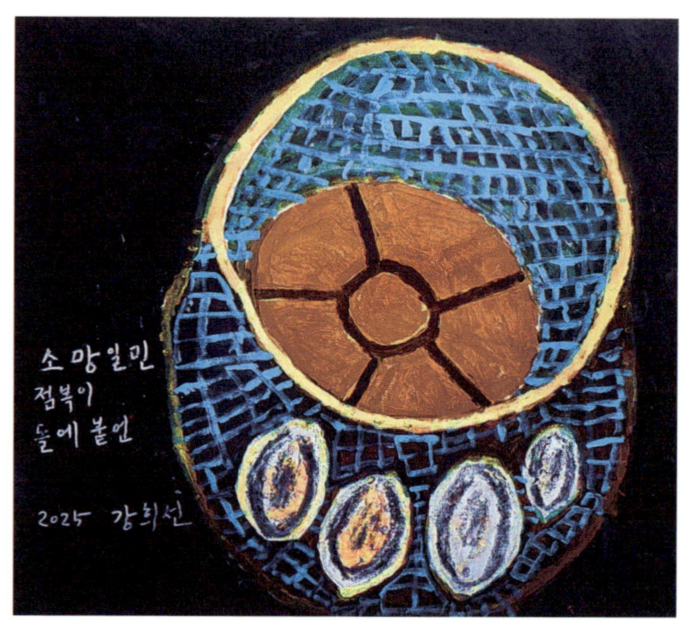

소 망 일 민

점 복 이 돌 에 붙 언

　　운이 트이면 전복이 눈에 탁탁 띈다지요. 검은 화산석 위에 놓인 망사리에는 큼직한 전복이 네 개나 들었습니다. 바다가 해녀에게 조용히 운을 건네주었네요. 할망은 한창 물질하던 때를 떠올렸습니다. 어두운 바닷속에서 숨을 바다에 맡기고 있을 때의 막막함과, 돌 틈에서 슬며시 반짝이는 전복을 보았을 때의 기쁨을 이 그림에 겹쳐 담았습니다. 마치 삶을 갈구하는 기도에 대한 응답처럼 전복이 반짝하고 빛납니다.

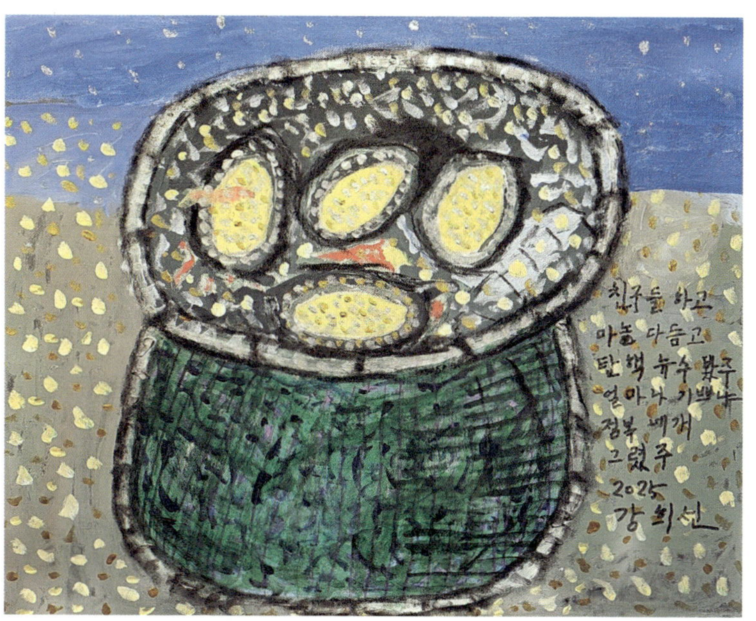

탄핵 뉴스와 전복 네 개

계엄령 후 줄곧 나라 안팎이 어지럽던 어느 날, 할망은 친구들과 마늘을 다듬다가 탄핵 인용 뉴스를 보았습니다. 얼마나 기쁘던지, 그날은 망사리에 전복을 네 개나 그려 넣었습니다. 할망은 전복 네 개와 함께 민주주의의 기쁨을 가득 퍼 올렸습니다. 망사리에 역사와 노동이 나란히 담겨 있습니다.

이것은 제주 그림할망식 기쁨의 정물화입니다. 소막할망의 그림작업장에서 피어난 역사적 환호의 순간입니다.

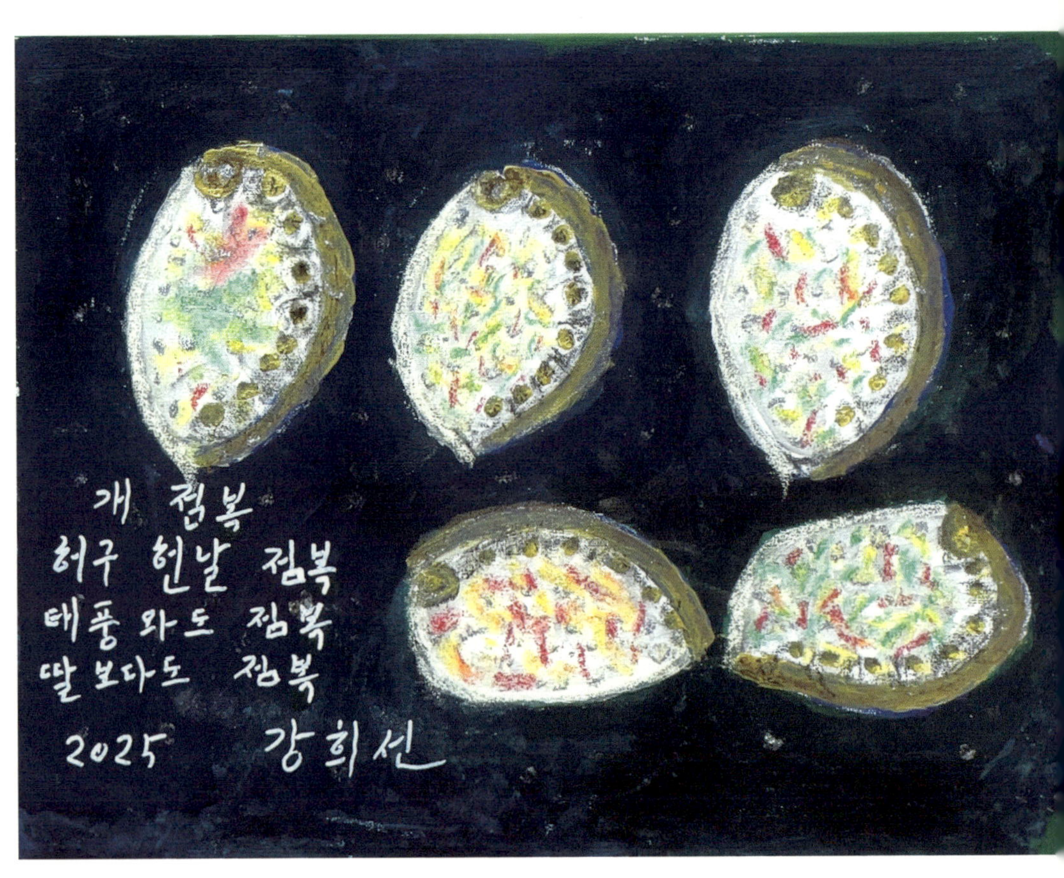

소막할망 강희선, 캔버스에 아크릴, 2025

소막할망이 해녀 딸의 속을 새까맣게 태운
전복을 오색 보석처럼 그려냈습니다. 어멍이 오
직 집에서 기다리고 있을 아이 입에 넣을 생각
으로 깊은 바닷속에서 애타게 찾아 헤매는 전
복은 보석이나 다름없기 때문입니다. 까만 바
닷속에서 반짝이는 기쁨과 슬픔. 일상의 작은
기적이 그곳에 깃듭니다.

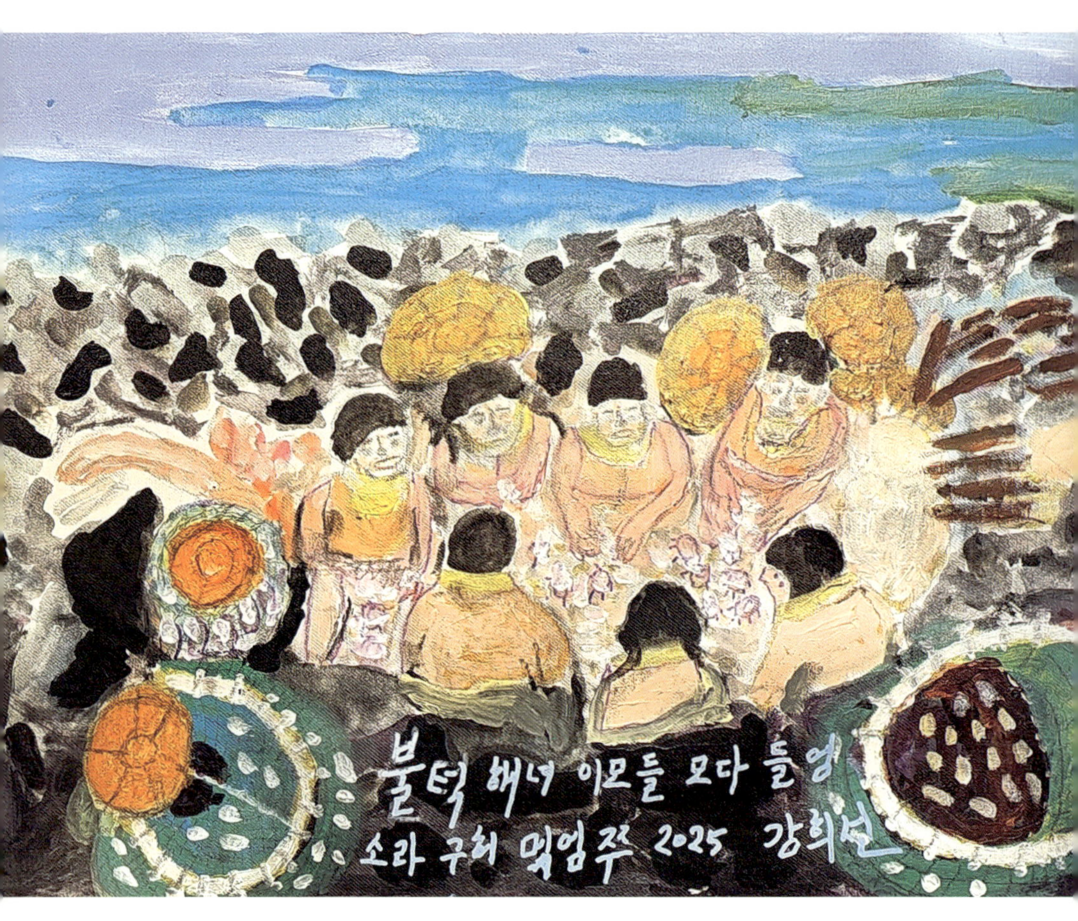

소막할망 강희선, 캔버스에 아크릴, 2025

"불턱 해녀 이모들 모다 들엉. 소라 구허 먹엄쭈."

검은 화산석 위에 둘러앉은 해녀들이 젖은 해녀복을 말리고, 소라를 구워 먹으며 하루의 수확을 기쁘게 나누는 중입니다. 오른쪽에는 장작으로 쓸 나뭇가지들이 쌓여 있고, 아래쪽 초록 망사리에는 수확한 해산물이 가득 담겨 있습니다. 성게, 소라, 전복, 바다의 무게를 기억하는 작은 생명들. 그리고 해녀들은 바다에서 그들의 몸도 함께 건져 왔습니다. 지금 이곳은 바다에서 무사히 돌아온 그들이 회복하는 자리입니다.

불턱은 삶과 바다가, 안부와 기도가 만나는 장소입니다. 몸과 바다가 느슨하게 얽힌 아름다운 대열에 조화로운 합창처럼 미풍이 붑니다.

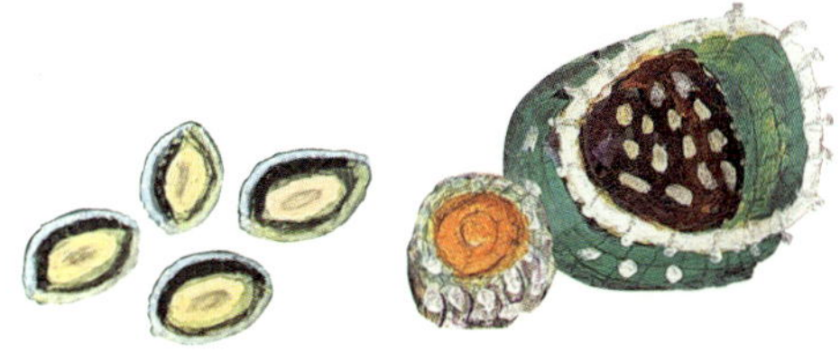

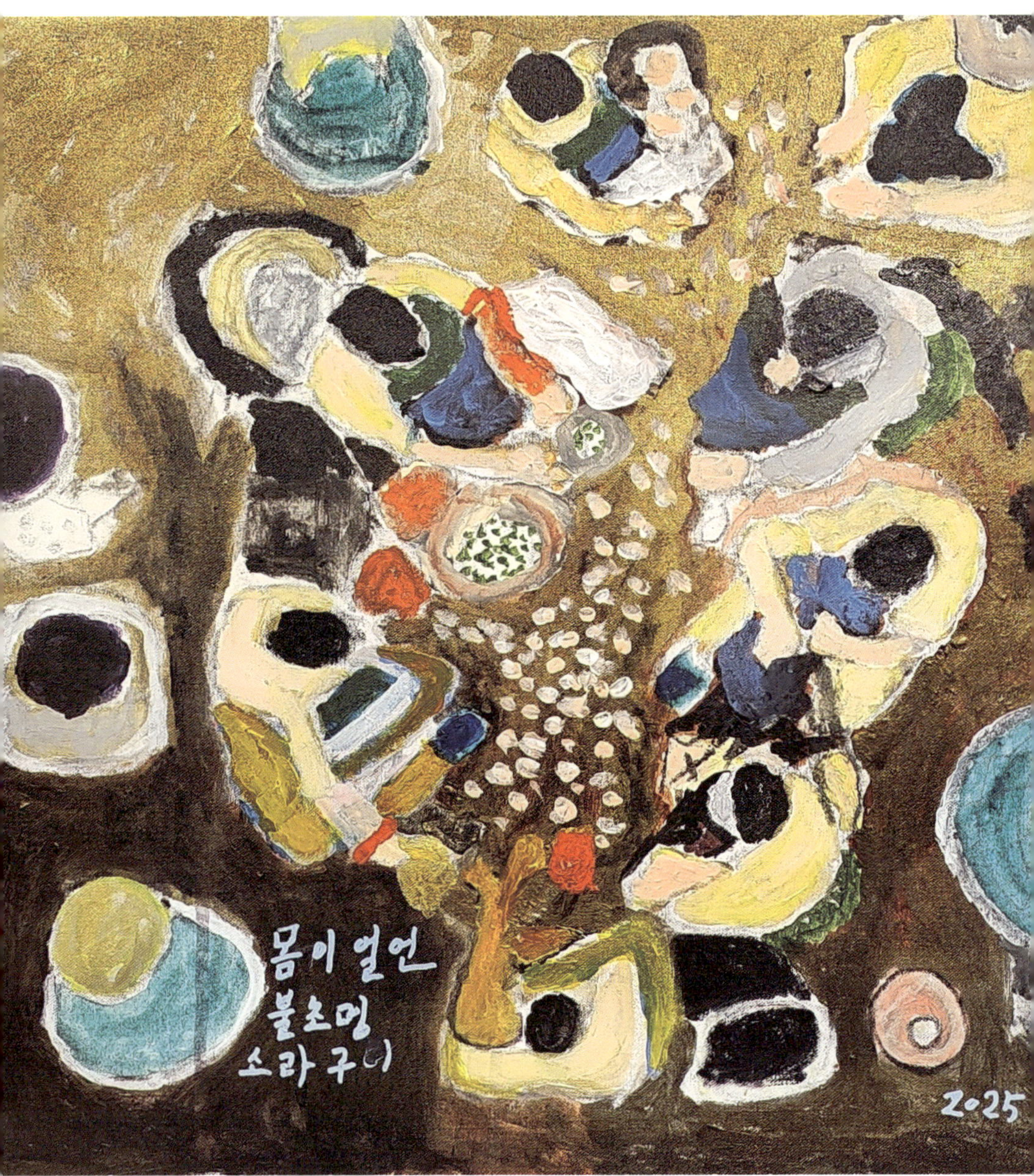

소막할망 강희선, 캔버스에 아크릴, 2025

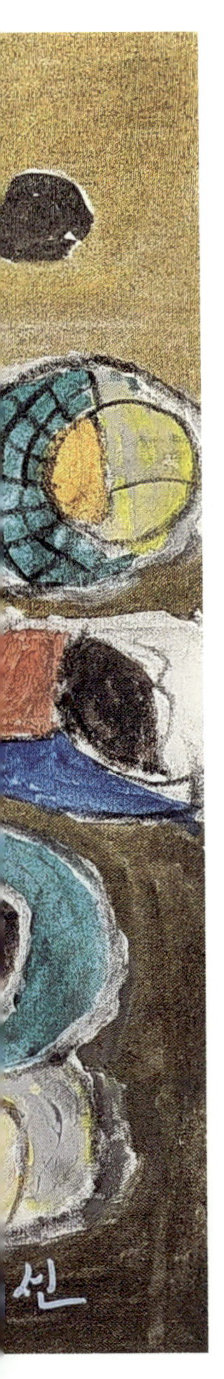

바다에서 언 몸을 녹일 겸 불 앞에 모여 소라를 구워 먹는 해녀들이 보입니다.

육지 전시에 초대받아 비행기를 타고 가는 하늘길에서 할망은 하늘의 시선을 얻었습니다. 비행기 창문 아래로 고향을 내려다보며 말했지요.

"살아온 디가 저디…… 멀리 보이네."

하늘에서 바라본 해녀 무리는 금빛 모래와 검은 현무암을 배경으로 둥글게 어우러져 그 자체로 조화로운 형상을 한 한 편의 그림이 됩니다. 해녀들이 불초는(불 쪼이는) 움직임과 구운 소라의 냄새가 다양한 질감과 색채로 생동감 넘치게 표현되었습니다.

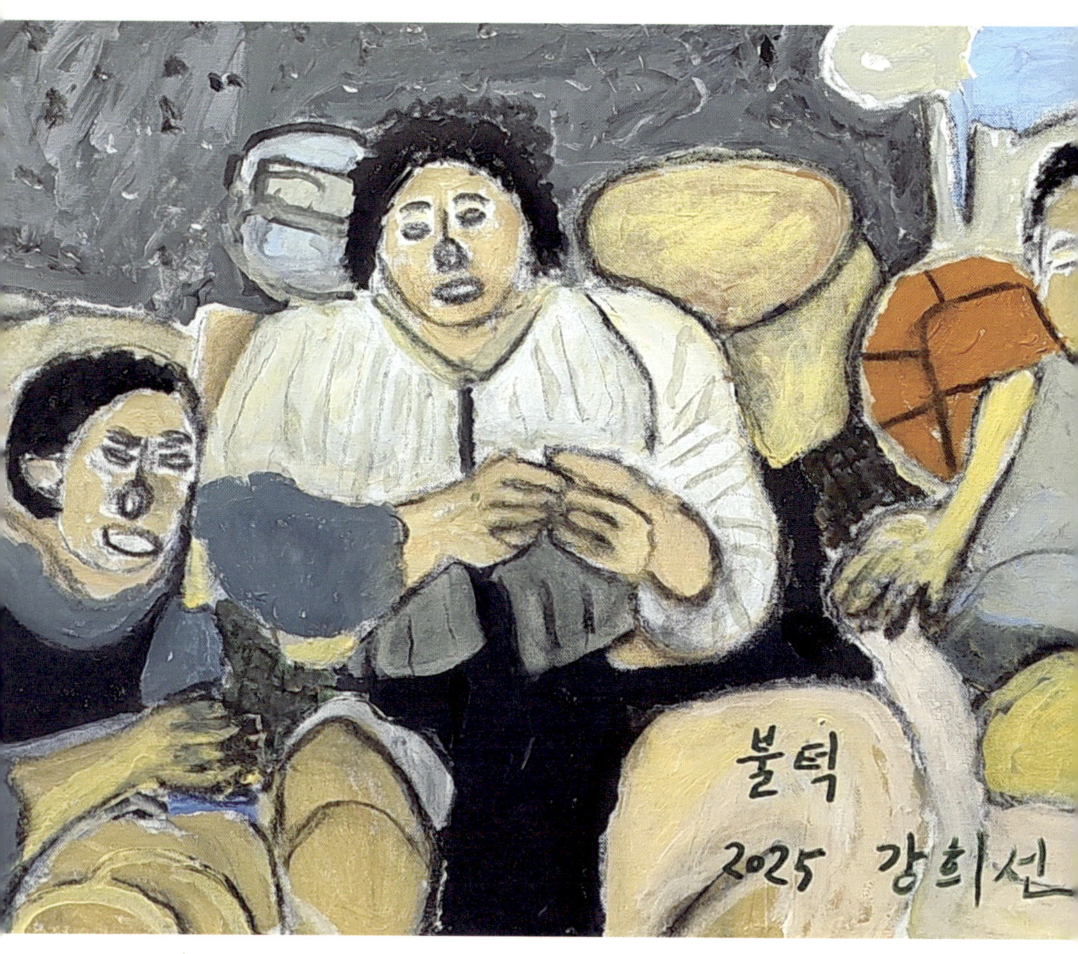

소막할망 강희선, 캔버스에 아크릴, 2025

해녀복을 입은 해녀들이 물질을 마치고 불턱에 앉아 있습니다. 햇볕에 그을린 피부와 단단한 육체에서 바다처럼 깊은 노동의 시간이 느껴집니다. 불턱에 둘러앉은 해녀들은 몸으로 이야기를 나눕니다. 젖은 장비를 벗어 말리며 숨을 고르고 서로 체온을 나눕니다.

화면 가득 담긴 그들의 동세에서 종일 거친 바다와 맞선 뒤 하루를 마무리하는 숭고한 의식이 엿보입니다. 강인한 여성들의 숨결과 땀, 연대가 고스란히 전해집니다.

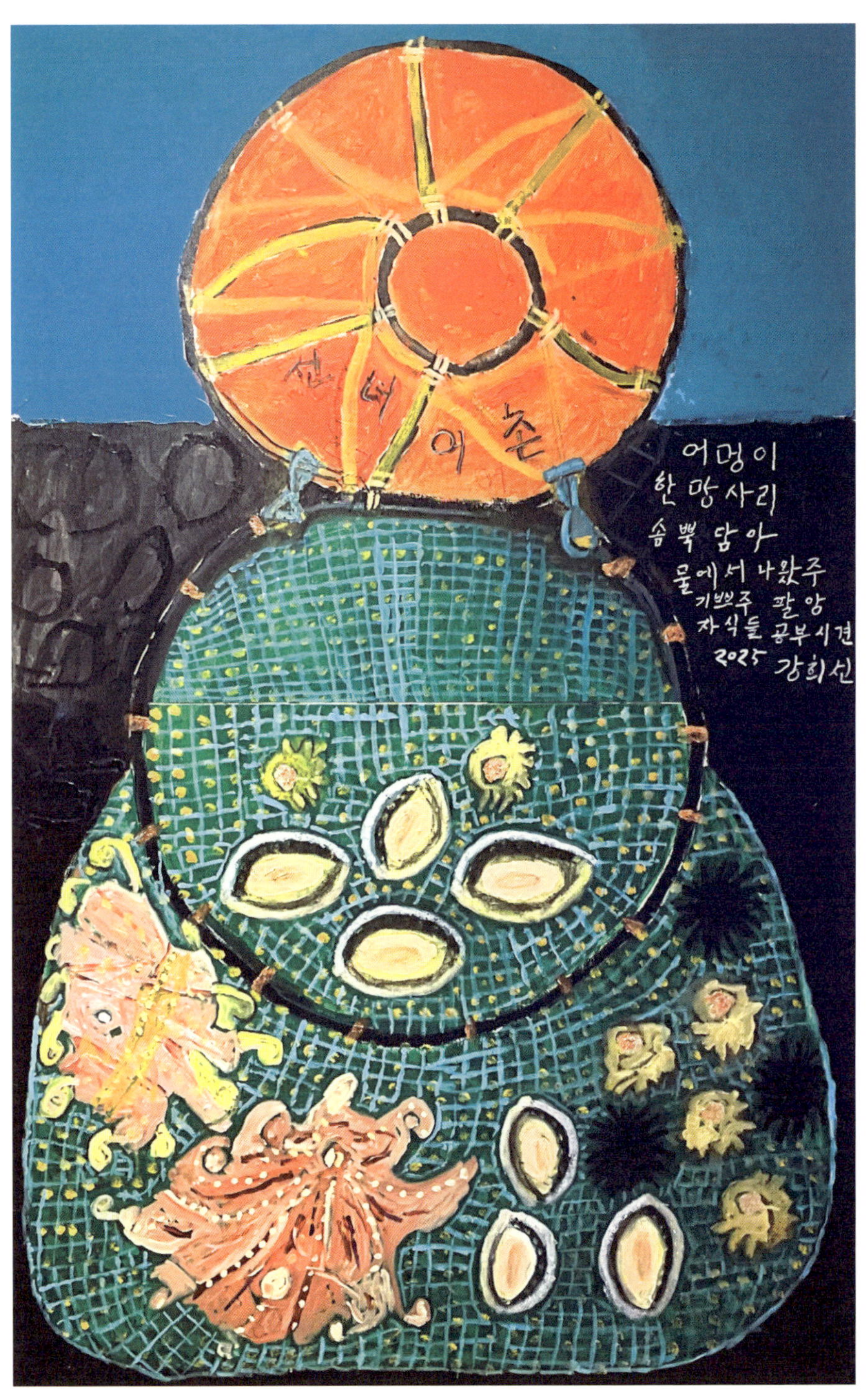

소막할망 강희선, 캔버스에 아크릴, 2025

주황빛 테왁 아래로 초록 망사리가 넓게 펼쳐져 있습니다. 갓 잡은 전복 일곱 개, 소라 여섯 개, 성게 몇 알, 그리고 문어 두 마리가 꿈틀거립니다. 마치 살아 있는 듯 문어 특유의 유연한 몸짓이 고스란히 느껴집니다. 망사리 속에 자식들을 배불릴 어멍의 하루 치 기쁨이 가득합니다. 큰 수확의 기쁨이 그림에 생생히 담겼습니다.

"어멍이 한 망사리 솜뽁 담아 물에서 나왔주. 기쁘주. 팔앙 자식들 공부시견."

작가는 올해 89세. 30호 캔버스 두 개를 붙여 땅에 눕히고 밭일하듯 허리를 굽힌 채 한 땀 한 땀 점을 찍어 망사리를 그려냈습니다. 해녀들이 손으로 망사리를 엮듯 실제 망사리의 크기로 캔버스에 삶을 짜내었습니다. 삶의 반짝임이 그곳에 오래도록 머뭅니다.

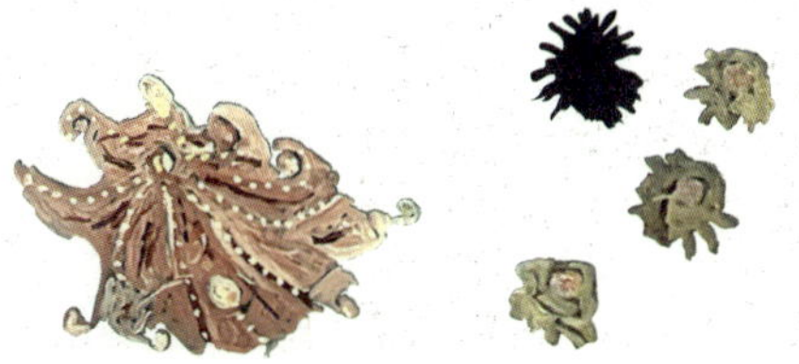

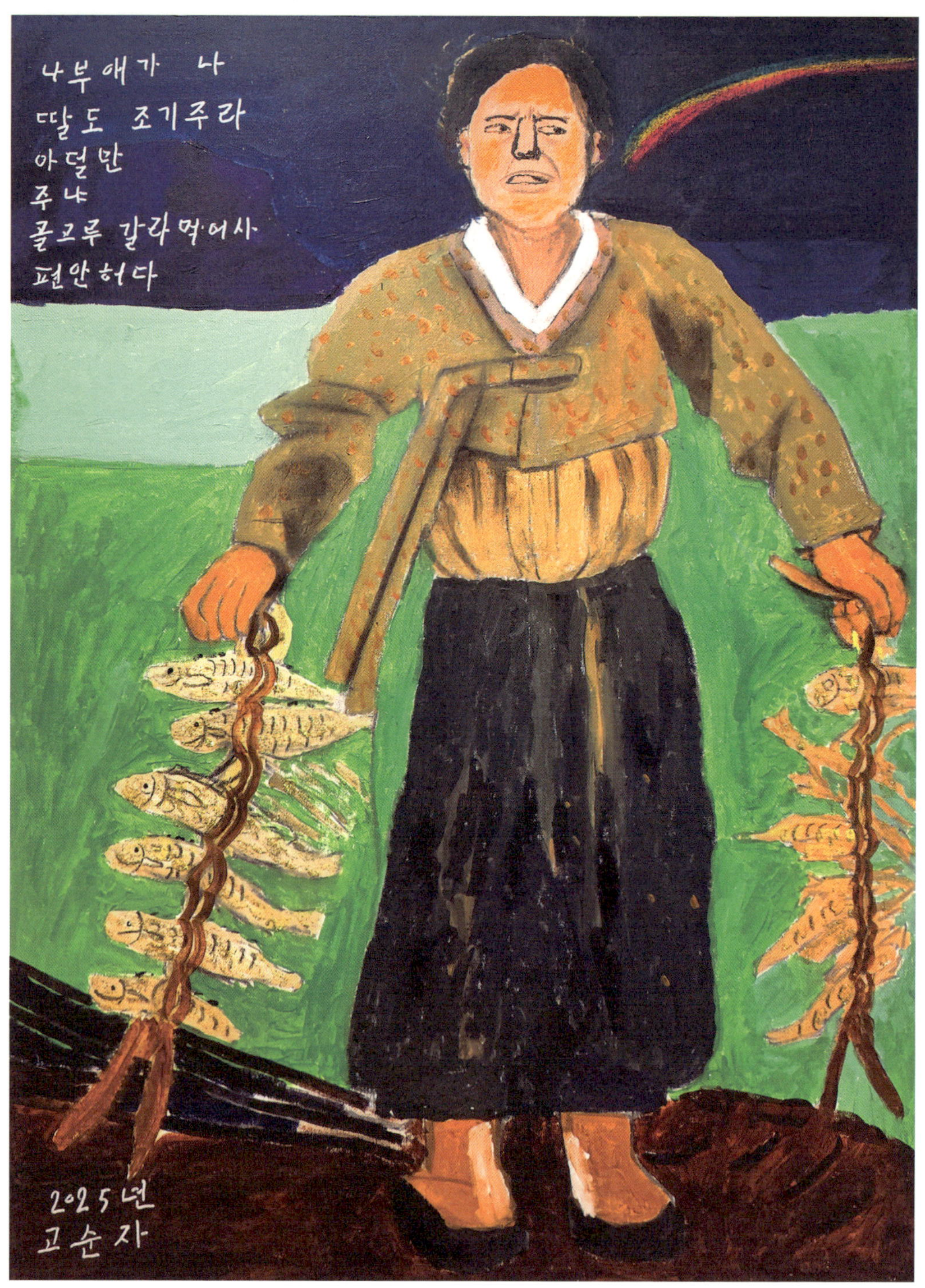

무지개할망 고순자, 캔버스에 아크릴, 2025

무지개할망은 선흘의 바람을 읽고, 달의 형상에서 날씨를 살피는 돌봄의 신입니다. 2022년, 처음으로 붓을 쥔 날 "이녁 마음대로 그리겠다"라고 선언한 뒤 상처 난 나무에 황금빛을 입히고, 삶의 고된 순간에 치유의 빛을 펼쳐왔습니다. 이제는 일상 속에 무지개를 그려내고 있습니다.

무지개할망이 그려낸 어멍은 모성과 분노와 사랑, 그 모든 감정을 품은 존재이자 삶을 견디고 지켜낸 여신입니다. 손에 들린 조구(조기)는 사랑을 고루 나눠주고자 했던 마음을 상징합니다.

붉은 얼굴의 어멍은 단단한 눈빛으로 딸의 삶 속 애환을 꿰뚫어봅니다. 어둠을 째려보아 무지개의 실마리를 만들어냅니다. 그리고 조용히, 그러나 단호하게 말합니다.

"네 몫도 있다."

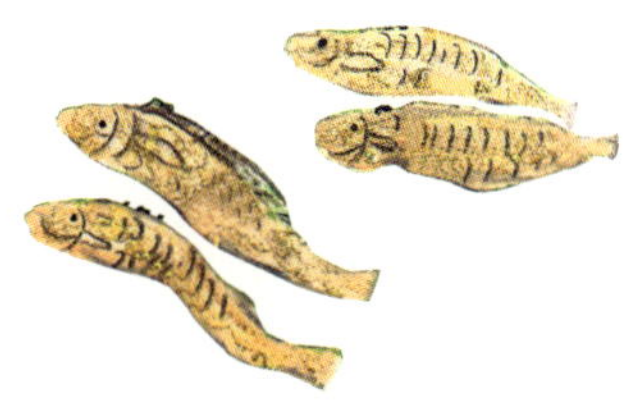

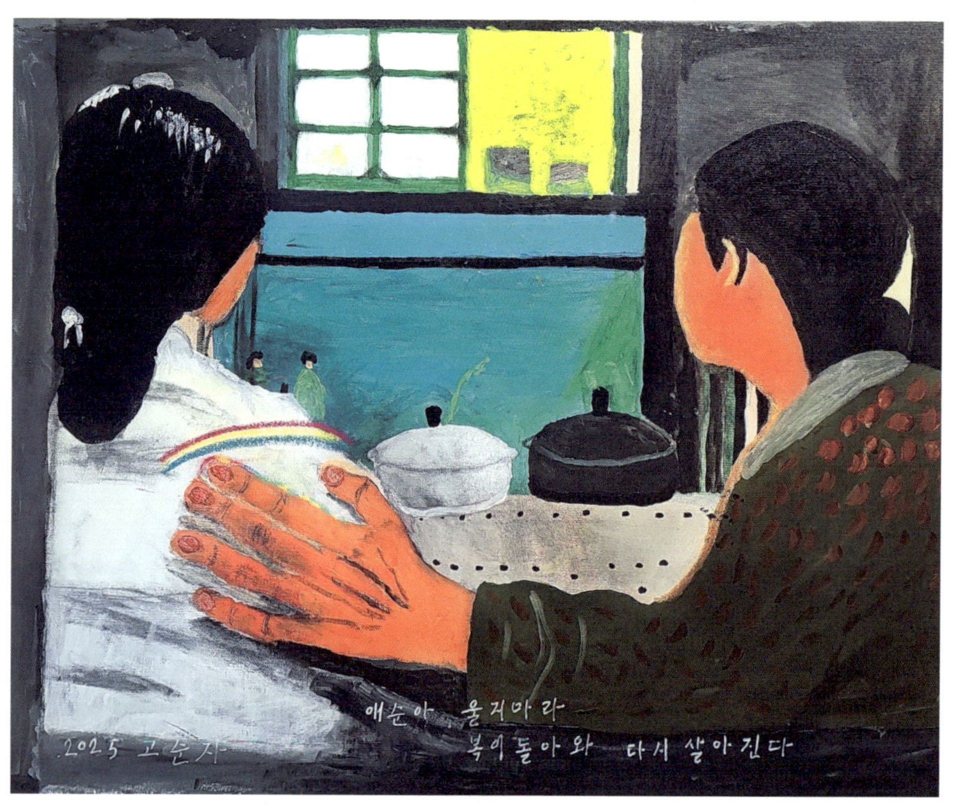

무지개할망 고순자, 캔버스에 아크릴, 2025

할망이 부엌에서 누군가를 위로합니다.

"울지 마라. 복이 돌아와. 다시 살아진다."

솥단지 두 개가 나란히 놓인 부엌. 한 개는 흰색, 한 개는 검은색. 삶과 죽음을 나란히 품고 있습니다. 그리고 초록 창문 뒤에서 유채밭의 노란빛이 눈부신 그리움처럼 쏟아져 들어옵니다. 이 부엌에서 커다란 손이 천천히 슬픔을 다독일 때 떨리는 손가락 주위로 무지개가 생성됩니다. 무지개할망이 상실 뒤에 남은 이들이 어떻게 다시 밥을 짓고, 창을 열고, 오후를 살아가는지 정갈하게 기록했습니다.

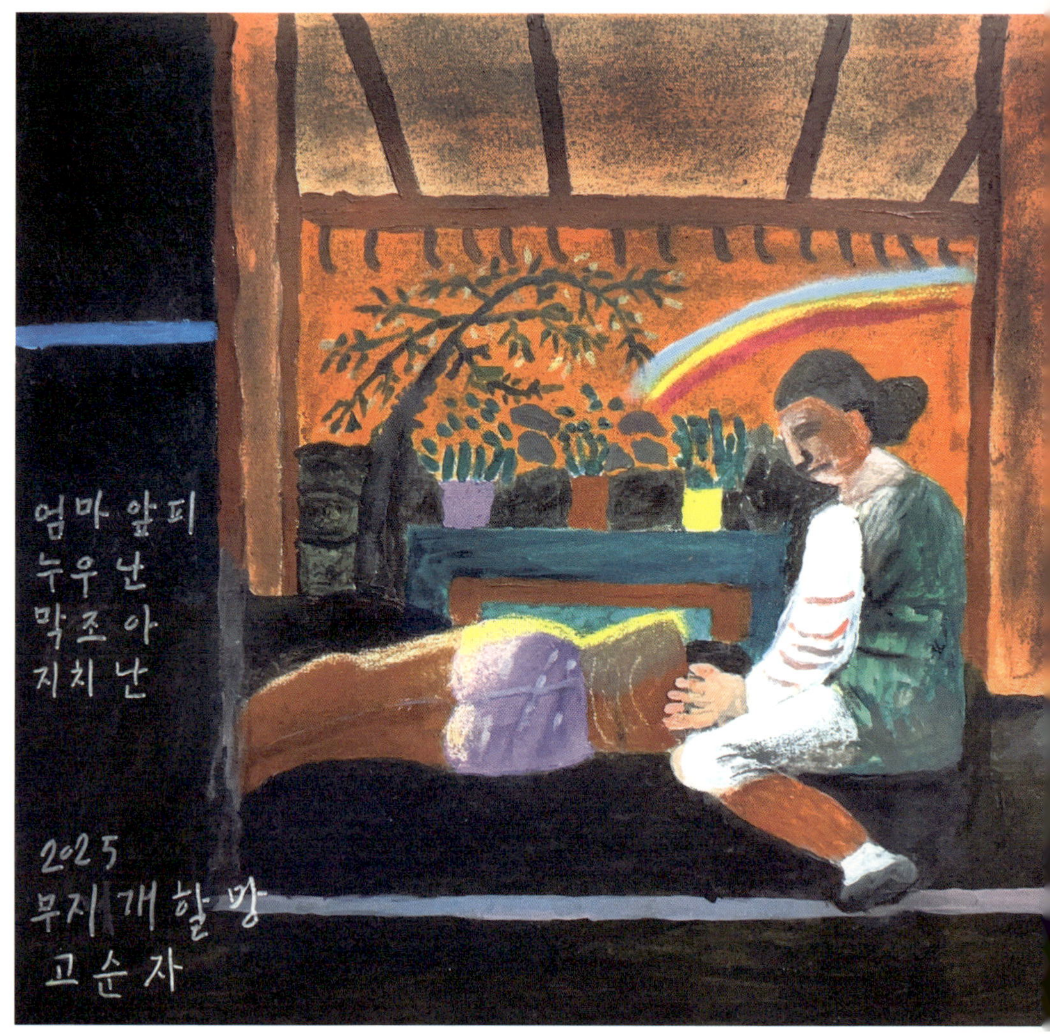

무지개할망 고순자, 캔버스에 아크릴, 2025

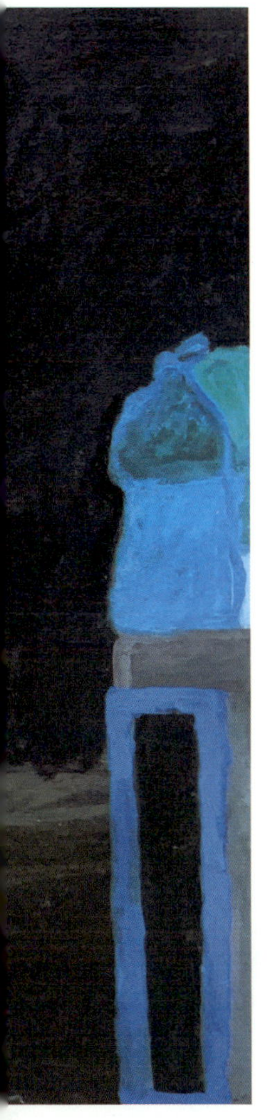

어둑한 저녁, 엄마의 무릎을 베고 눕습니다. 몸을 기대어 마음을 내려놓는 순간, 묵묵한 손이 머리를 쓰다듬고 온화한 얼굴이 주위를 조용히 감싸안습니다. 마당의 나무가 지친 삶을 보듬고, 돌담 앞 화분이 작지만 꺼지지 않는 생명을 응원합니다. 그 뒤로 비단 같은 무지개가 반짝입니다. 엄마의 손길처럼 조용히 빛을 비춥니다.

이 장면은 단순히 쉼을 보여주는 데서 그치지 않고 한 존재를 지탱하는 돌봄의 힘을 드러냅니다. 무지개할망은 크게 말하지 않지만 관객은 압니다. 자신도 한때, 누군가의 손길로 살아난 적이 있음을요.

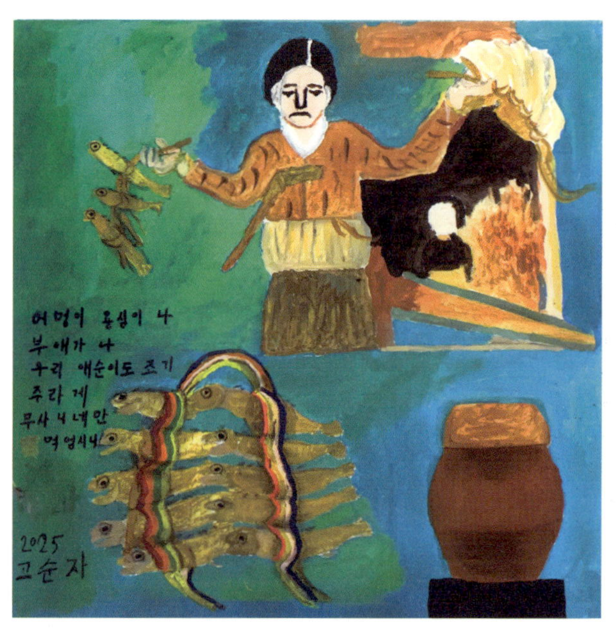

어 멍 이 용 심 이 나

그림 속 용심(화가 나는 마음)이 난 어멍은 차별에 맞서 굴비를 든 팔을 휘두릅니다. 어멍이 모성의 분노로 세계의 질서를 바로잡는 여신으로 다시 태어납니다. 어멍은 조기를 내리치며 억눌러온 감정을 폭발시킵니다.

"조기 주라게. 무사 니네만 먹엄시니!"

이는 소외된 모든 존재에게 당신도 사랑받을 자격이 있다고 외치는 무지개할망의 선언입니다.

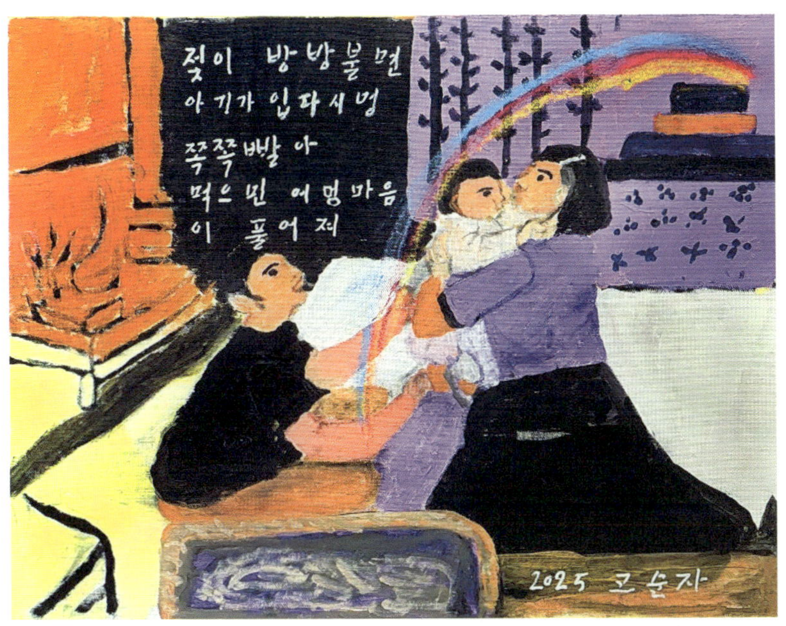

"젖이 방방 불어 아픈데, 애가 입 다시멍 쭉쭉 빨아 먹으민 마음이 풀어져. 무지개가 비쳐."

무지개할망은 젖이 불어 고통에 젖어 있을 때도 아이가 젖을 빠는 순간이면 마음이 풀어지고 무지개가 비쳤다고 말합니다. 할망은 고통을 가로지른 치유의 찰나를 기억해 그림으로 되살렸습니다. 육체적 고통과 정신적 치유가 겹치는 순간, 한 가족이 따스히 탄생합니다.

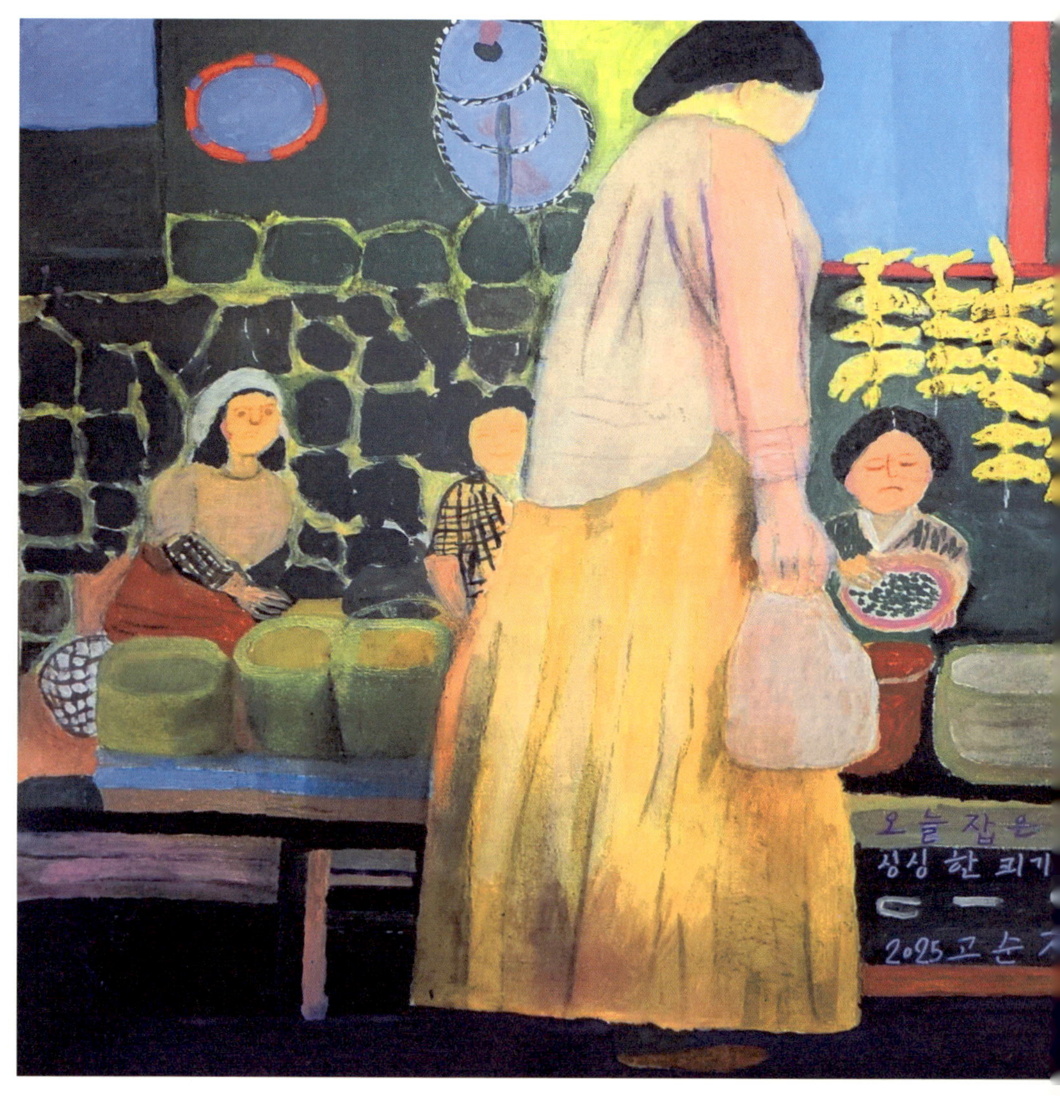

무지개할망 고순자, 캔버스에 아크릴, 2025

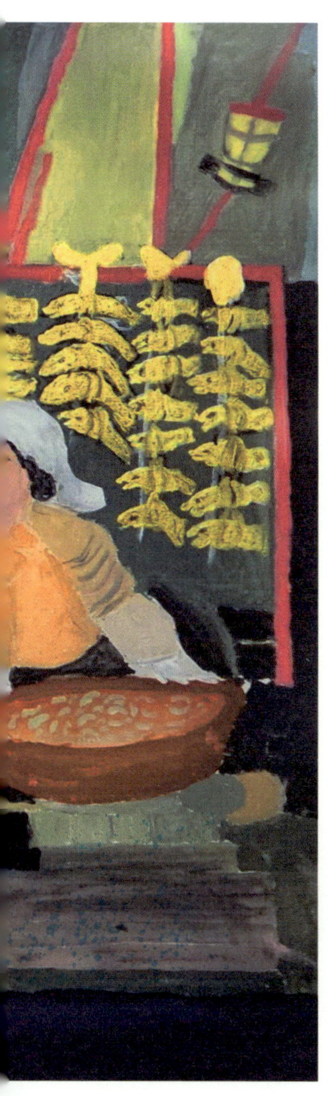

좌판을 펼치고, 흰 수건을 두르고, 토시를 끼고, 허리에 돈주머니까지 찬 채 해녀들이 나란히 앉아 손님을 맞이합니다. 뒤에는 말린 조기가 주렁주렁 매달려 있습니다. 빵빵한 바구니와 황금빛 조기가 장터에 풍성한 기운을 채웁니다.

해녀들의 얼굴에는 삶을 살아가는 건강함이 담겨 있습니다. 그림 한가운데 봉다리를 쥐고 옆으로 선 손님은 호객에 이끌려 온 마을 사람일지도, 어쩜 그림에 이끌려 온 당신일지도 모릅니다.

무지개할망의 그림은 다채롭습니다. 화려하면서도 마음의 온도가 느껴지는 색 감각으로 삶의 무게를 껴안으며 오늘을 지켜냅니다.

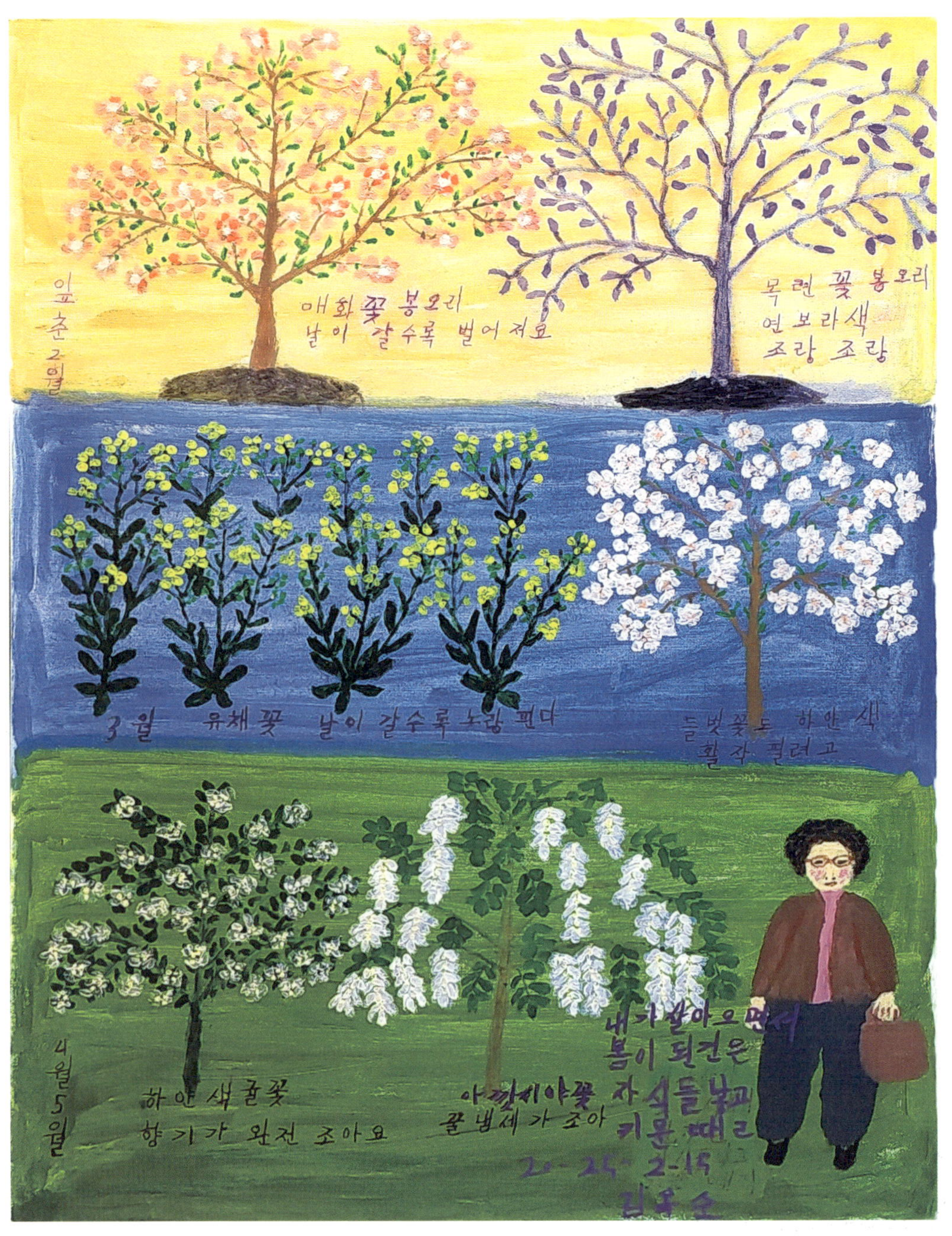

우영팟할망 김옥순, 캔버스에 아크릴, 2025

우영팟할망의 스케치북에는 텃밭이 통째로 들어 있습니다. 감자, 콩, 양배추가 조용히 말을 걸어옵니다. 할망은 나누고 돌보는 마음으로, 풍요로운 밭처럼 이야기를 키워갑니다.

"내가 살아오면서 봄이 된 것은, 자식들 낳고 키운 때라."

우영팟할망은 인생의 봄을 세 시기로 나누어 그립니다.

2월 입춘, 매화와 목련 봉오리의 연보라색이 닫힌 마음을 엽니다. 3월, 날이 갈수록 노랑 피는 유채꽃과 하얀색 들빚꽃이 자식처럼 자라나며 활작 기운을 채우고, 4월과 5월, 하얀색 귤꽃과 아카시아꽃 꿀 향기가 삶의 결실을 알리듯 퍼져나갑니다.

아래쪽에 단정히 서 있는 안경 낀 할망은 이 모든 순간을 반기듯 슬며시 웃어 보입니다. 우영팟할망은 봄과 자신의 시간을 포개어 단아하고 깊은 초상화를 그려냈습니다.

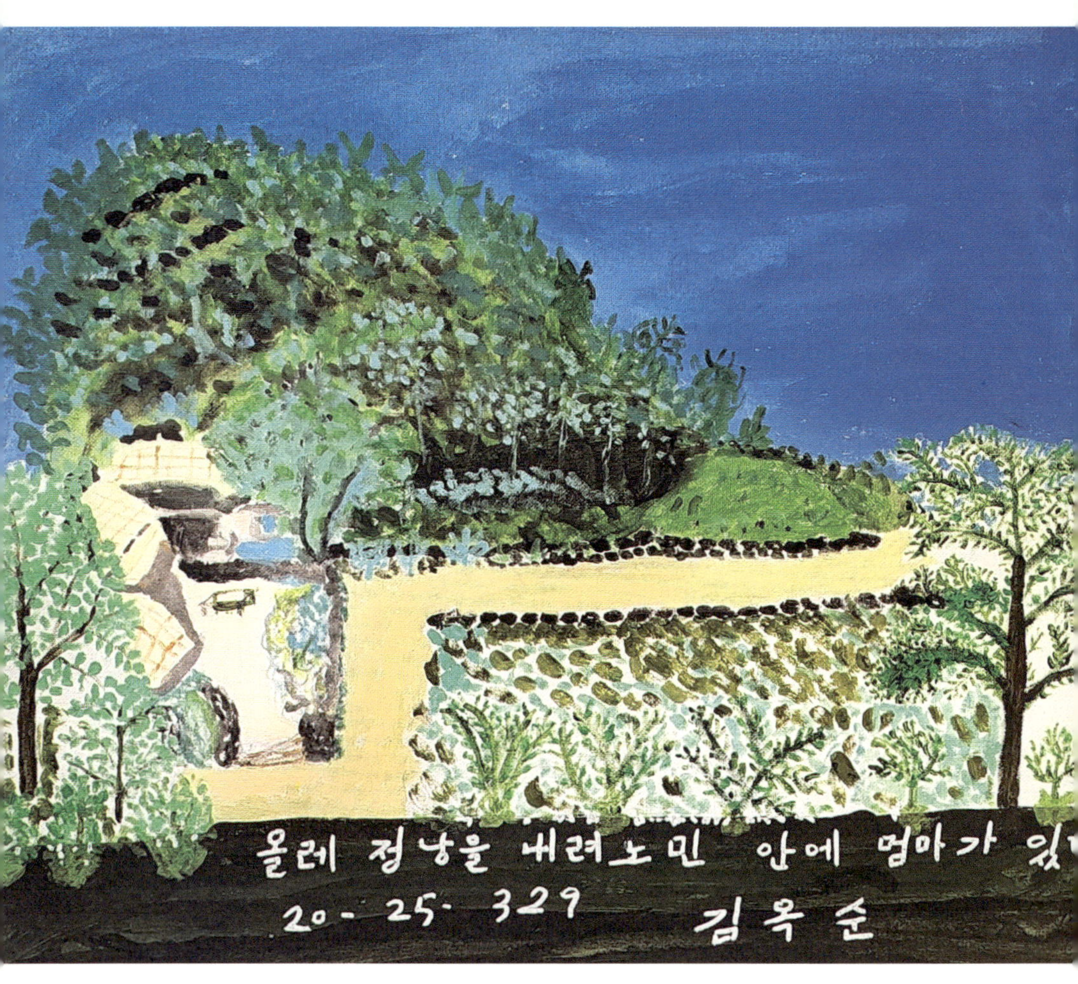

우영팟할망 김옥순, 캔버스에 아크릴, 2025

파란 하늘 아래, 녹음 짙은 제주의 돌담과 초가집이 보입니다. 노란 흙길이 이어지는 올레 풍경. 양옆의 나무 두 그루가 길을 지키는 수호신처럼 우뚝 서 있습니다. 그림 속 올레는 집에서 길로 나가는 좁은 골목길이자 삶의 한가운데에서 마음을 회복하러 들르는 귀환의 공간입니다.

"올레 정낭(가로 막대 세 개로 마당과 바깥을 구분하는 제주 전통 가옥의 비언어적 경계)을 내려노민 안에 엄마가 있다."

정낭을 내려놓은 이 그림은 조용히 관객을 반깁니다.

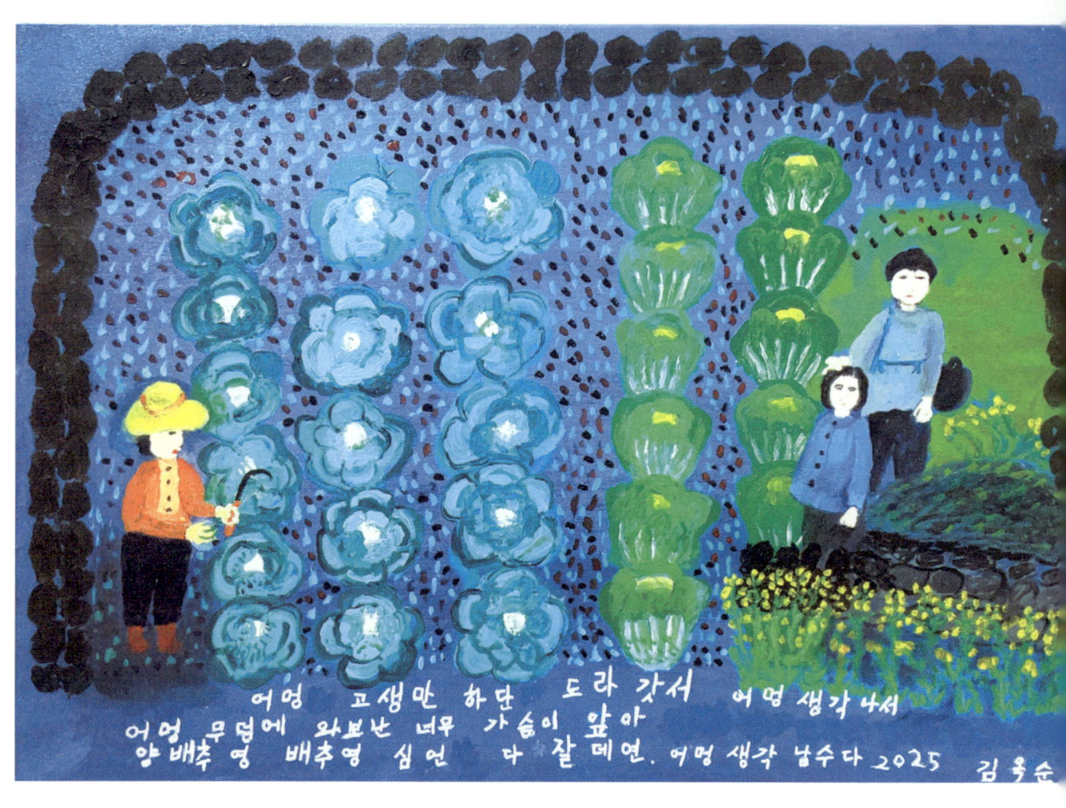

우영팟할망 김옥순, 캔버스에 아크릴, 2025

"어멍 고생만 하단 도라갓서(돌아가셨어). 어멍 생각나서 어멍 무덤에 와보난 너무 가슴이 앞아(아파)."

막상 어멍 무덤에 와보니 마음이 아픕니다. 양배추가 밭 가득 잘 자라고 있습니다. 텅 빈 마음 위로도 초록 싹이 올라옵니다.

왼편에서 우영팟할망이 골갱이를 들고 묵묵히 그 밭을 일구고 있습니다. 죽음 곁에서도 살아야 한다고, 할망만의 묵묵한 방식으로 부드럽고 단단한 응원을 건넵니다.

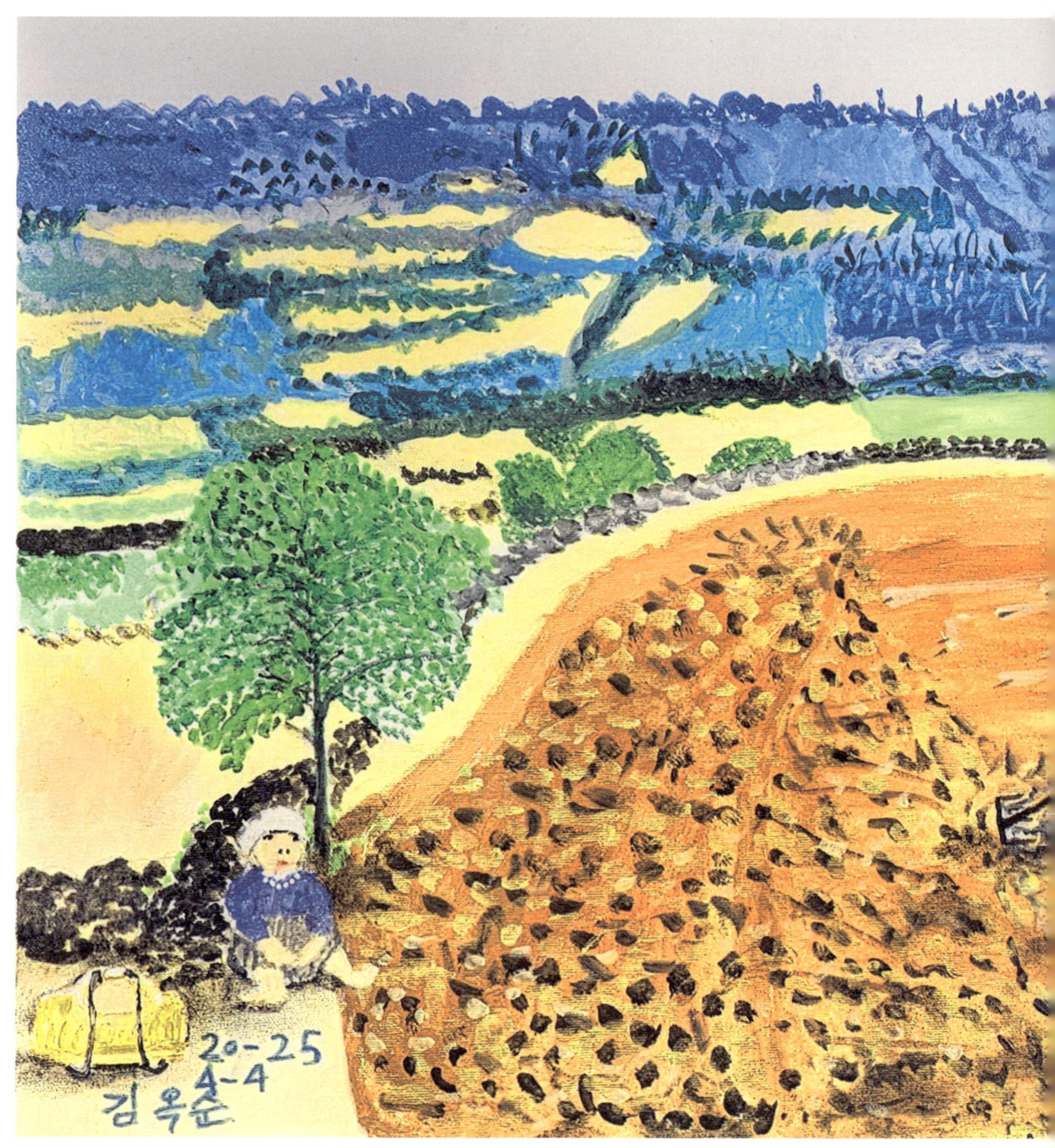

우영팟할망 김옥순, 캔버스에 아크릴, 2025

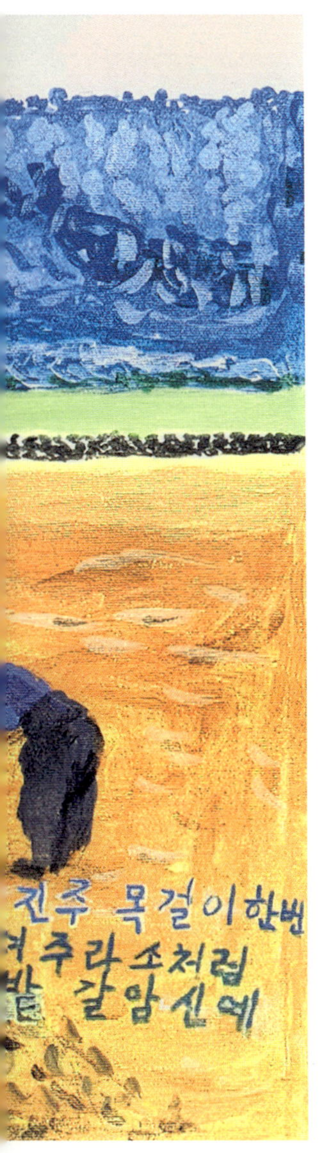

바람과 수분이 엉긴 파란 풍경 아래, 누런 밭 한가운데서 두건을 쓴 여인이 쨍쨍한 햇살을 맞으며 소처럼 돌밭을 고릅니다. 탁, 탁, 하고 땅 긁는 소리가 들릴 듯합니다. 단단한 몸짓에는 능숙함이 배어 있습니다.

옆집 사는 임신한 여자는 진주 목걸이를 걸고 나무 그늘에 기대어 있습니다. 어멍은 버젓해 보일 만한 목걸이 하나를 빌리려고 밭을 갑니다. 목걸이 하나에 눈물과 땀이 다 얽혔습니다. 우아한 진주를 얻기 위해 구슬 같은 땀방울을 흘리는, 〈진주 귀걸이를 한 소녀〉가 연상되는 치열한 장면입니다. 오늘의 어멍 목표는 목에 진주 목걸이를 거는 것입니다.

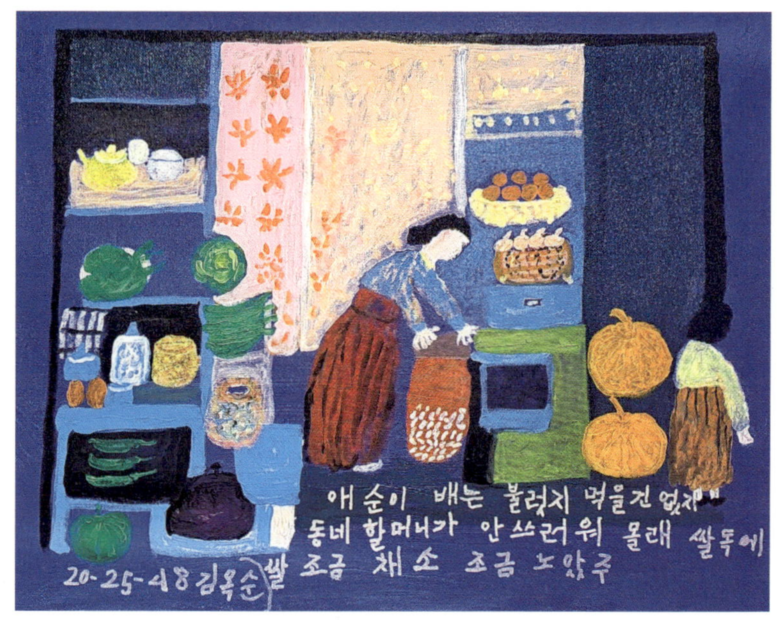

배는 불렀지 먹을 건 없지

한 아이를 살리는 데는 한 마을이 필요하다는 이야기. 우영팟할망이 바다처럼 새파란 배경 속에 쌀독에 몰래 채워준 쌀과 함께 오이니 호박이니 달걀이니 이웃들의 정성이 가득 들어찬 부엌을 그려놓았습니다. 그곳이 꼭 전복, 소라, 멍게, 문어가 가득한 바닷속 같아 보입니다.

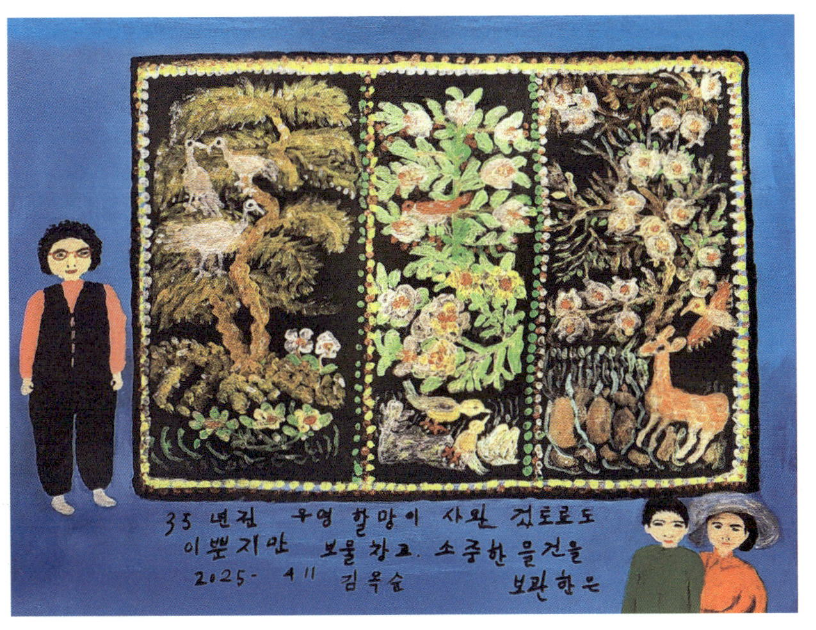

35년 전 보물창고

자개장은 단순한 가구가 아닙니다. 그건 보물창고이자, 한 여성이 자신을 위해 처음으로 장만하는 반짝이는 세계입니다. 각양각색의 화려한 무늬가 세 칸 장 위에 빼곡히 수놓아져 있습니다. 오른쪽 아래에 이 자개장의 주인이 될 부부가 보입니다. 우영팟할망이 두 사람을 온화한 미소를 짓으며 바라봅니다. 소중한 것이 가득 들어찰 자개장은 할망이 두 사람의 앞길에 전하는 응원이자 선물입니다. 세 사람의 미소가 자개장과 함께 반짝입니다.

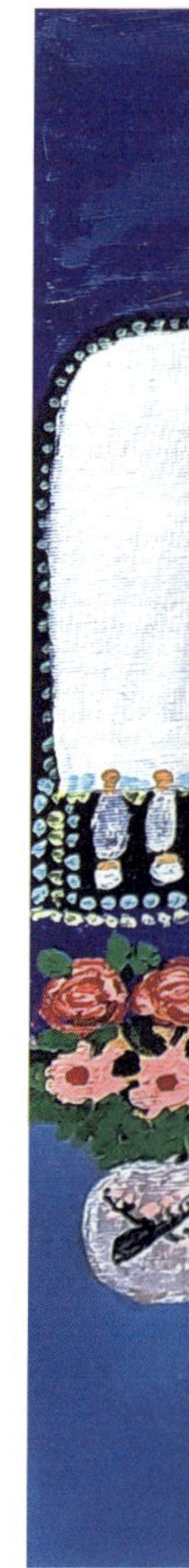

"우리 애들도 존(좋은) 사람 만아서 잘 살아쓰언 좋게지요."

안방 한가운데 둥근 밥상을 사이에 두고 마주 앉은 두 사람. 하지만 찻잔은 세 개입니다. 그림에 등장하지 않은 누군가, 당신을 위한 자리일까요?

자개장에는 학과 노루와 공작새가 금방이라도 그림 밖으로 튀어나올 듯 생동감 넘치게 새겨져 있습니다. 화려한 자개장과 화장대, 앞에 놓인 꽃 모두가 이 공간을 축복하고 환희로 가득 채웁니다. 그런데 온갖 화려한 것들 사이에 놓인 투박한 호박 두 통.

"그래, 웬 호박이야?"
"우영팟할망이 주고 갔어요. 복 들어오라고."

아이들이 좋은 사람 만나 잘 살았으면 하는 간절한 소망을 담아 할망이 줄 수 있는 가장 아름다운 것을 한데 모았습니다.

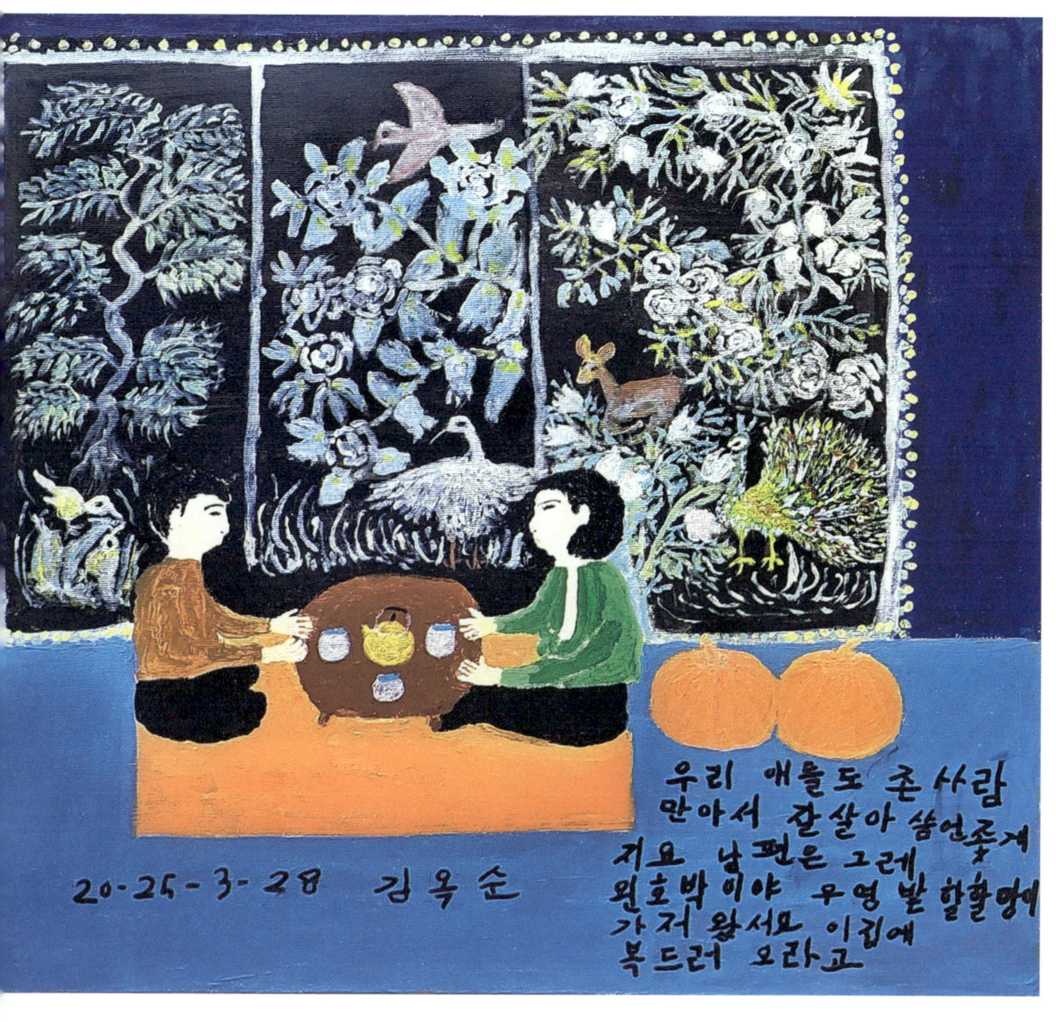

우영팟할망 김옥순, 캔버스에 아크릴, 2o25

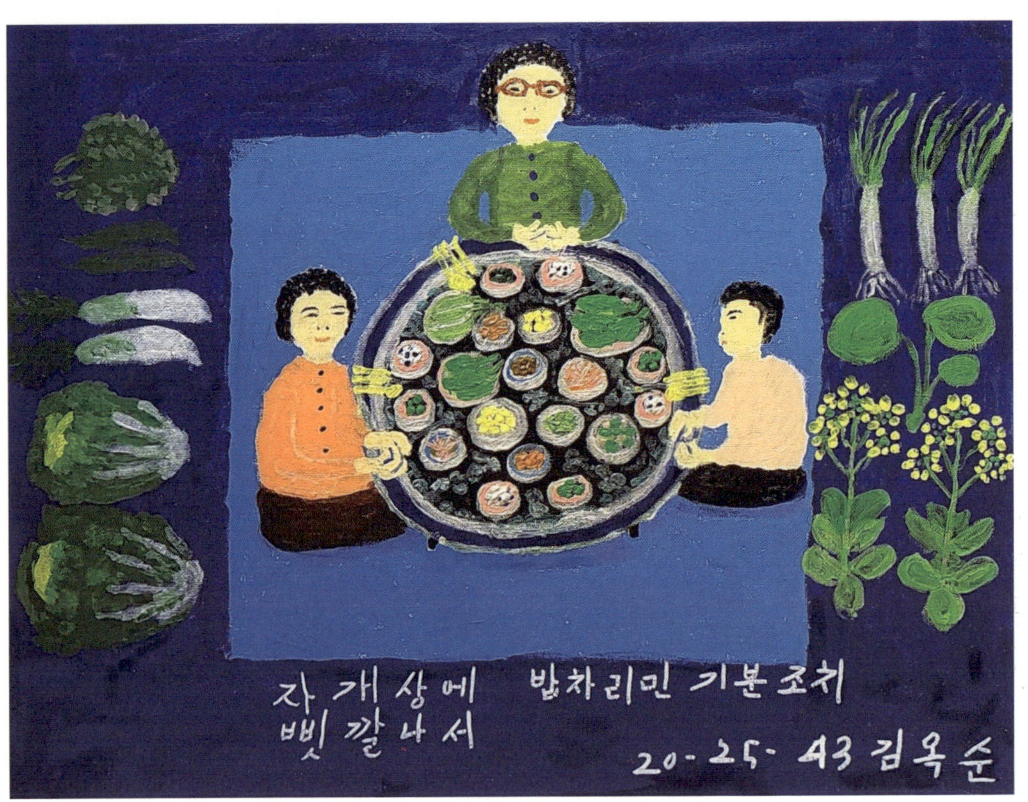

우영팟할망 김옥순, 캔버스에 아크릴, 2025

동그란 자개상 위에 반찬이 더는 놓을 수 없을 만큼 가득합니다.

"자개상에 밥 차리민 기분 조치. 삣깔나서."

할망의 말처럼 그림 속 상차림은 빛도 나고, 기분도 납니다. 밥상을 둘러싼 유채, 대파, 배추, 무, 오이, 호박이 집에 부족한 것이 없음을 보여줍니다. 풍족한 삶에 대한 자부심이 자개 무늬처럼 반짝입니다.

"삣깔나서."

이 한마디에서 기분이 다 느껴집니다.

"여기 초록 방석에 앉아서 쉬어라."

초록할망은 늘 그렇게 응원해왔습니다.

말없이, 그저 편히 앉을 자리를 내어주는 방식으로.

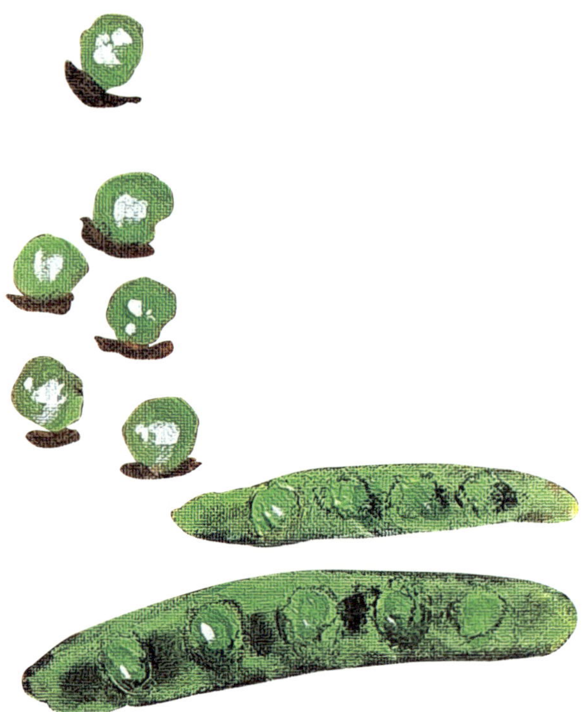

2

여기 초록 방석에 앉아서 쉬어라

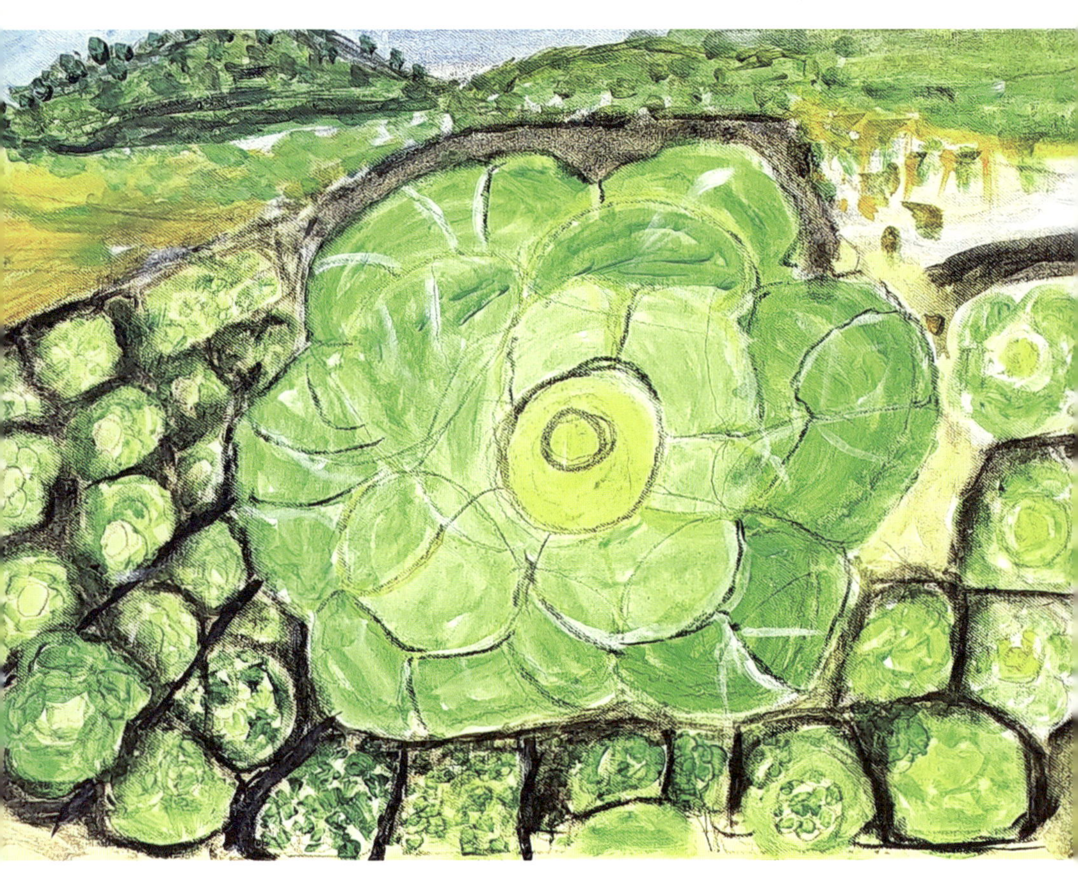

초록할망 홍태옥, 캔버스에 아크릴, 2025

오래전, 불타고 남은 집의 돌무더기에서 초록 새싹을 틔워낸 적이 있는 초록할망은 지금도 계속해서 생명을 그려내고 있습니다. 초록할망은 식물처럼 말합니다. 조용히 뿌리를 내리고 자라다 일순 커다래져서 마음을 감쌉니다.

밭에 초록 양배추가 빼곡히 자라 있습니다. 가운데 있는 양배추가 유독 크고 튼실하네요. 꼭 자신의 모습을 자랑하듯이요. 양배추는 관객에게 묻는 듯합니다.

"당신도 당신의 양식을 기르고 있습니까?"

이 양배추밭은 하루하루 노동으로 저만의 양식을 길러온 삶에 대한 은유입니다. 양배추는 주린 배와 마음을 모두 채워줄 양식입니다. 할망은 모두의 삶에 이러한 양식이 필요하다고 말합니다.

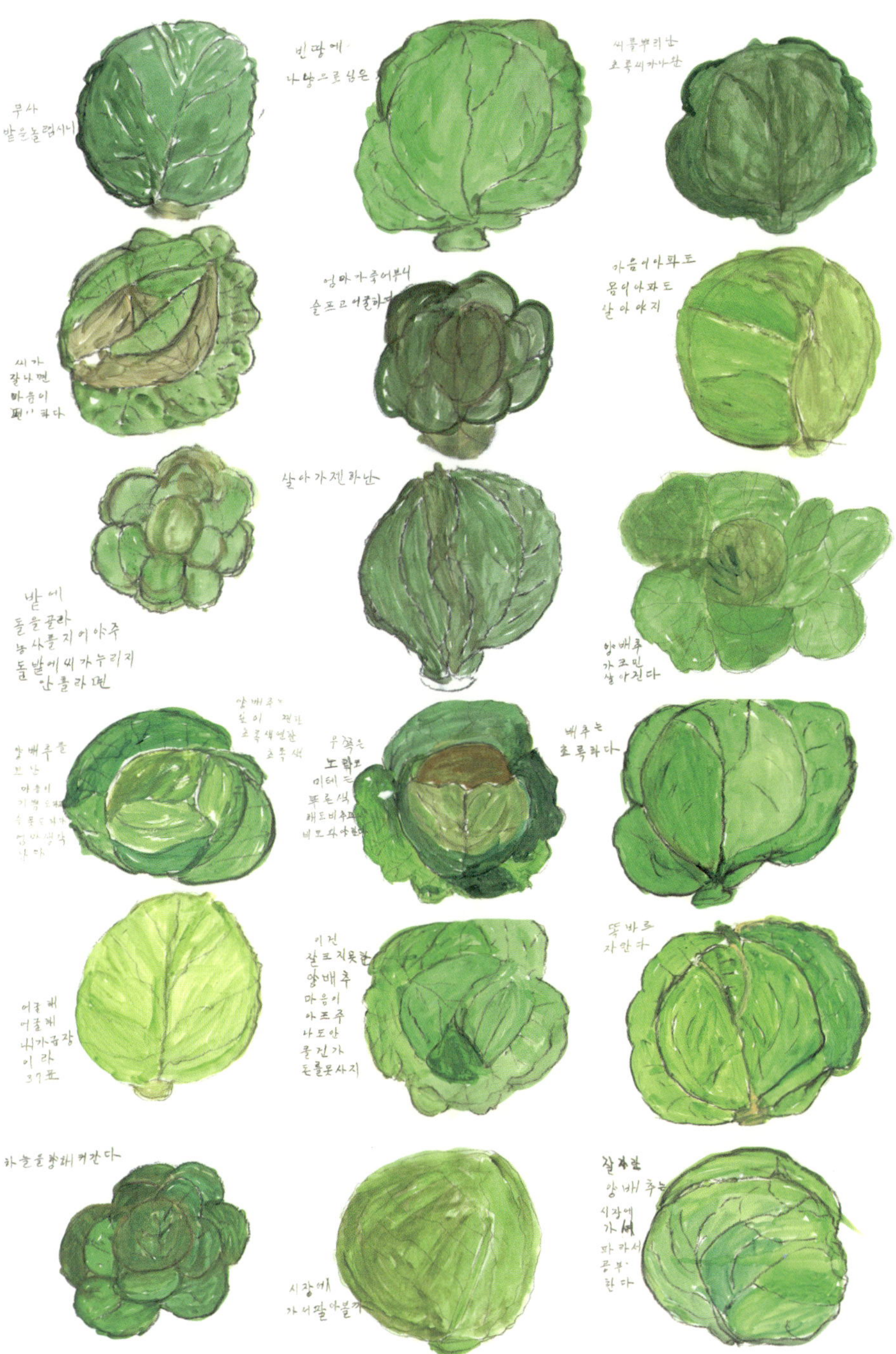

초록할망 홍태옥, 캔버스에 아크릴, 2025

초록할망은 밭에 양배추를 심듯 종이로 양배추
밭을 만들었습니다. 양배추마다 짧은 문장이 하나
씩 따라붙은 이 연작은 양배추를 반복 배치함으로
써 독특한 리듬과 패턴을 구축합니다. 각각의 단문
은 여백과 경계를 지우며 각각의 양배추가 하나의
밭이 되도록 합니다.

"마음이 아파도 몸이 아파도 살아야지."
"씨가 잘 나면 마음이 편난하다."
"배추는 초록하다."
"똑바로 자란다."

초록할망은 가장 일상적인 소재인 양배추를 모
아 밭을 구성하며, 작은 생각과 감정들이 모여 한
사람을 구성하는 과정을 은유적으로 표현했습니다.

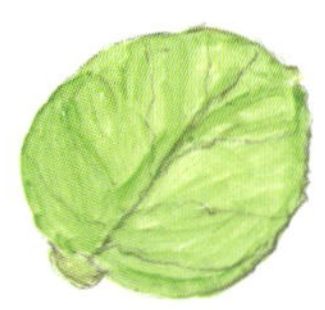

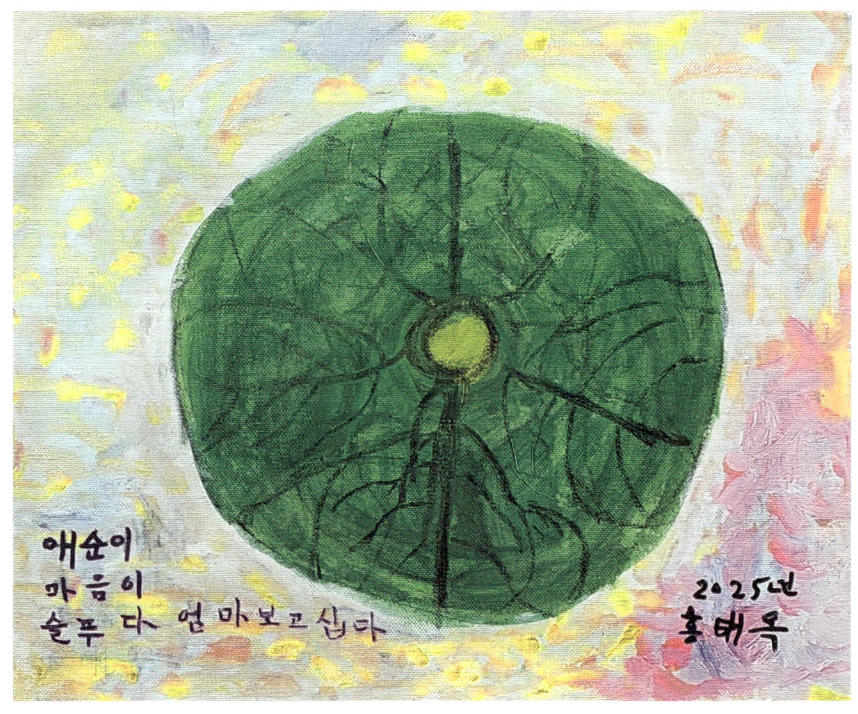

양배추 속 마음

오늘도 밭에 양배추를 심습니다. 그런데 마음이 자꾸 울컥합니다. 엄마가 보고 싶습니다. 차마 말로 뱉지 못한 슬픔이 양배추 한 겹 한 겹에 포개져 자라납니다. 진한 초록 양배추 주위가 온통 그리움으로 물듭니다.

"엄마 보고십다."

엄마를 향한 노랗고 분농한 그리움이 초록의 양배추 속으로 천천히 말려 들어갑니다.

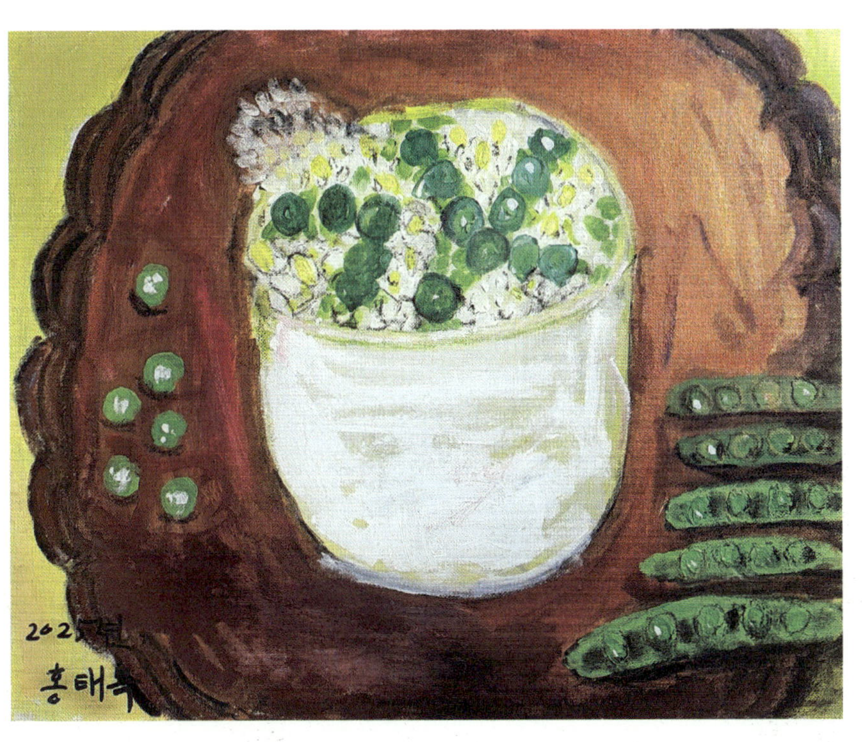

동그란 보리콩이 가득한 이 동그란 밥상은 한 가족이 둥글게 둘러앉았던 추억의 동심원이자, 또 하루를 버티고 다시 사랑할 수 있게 해주는 작고 둥근 우주입니다. 초록할망은 2022년부터 혼자 밥 먹는 동그란 밥상이 그림상이 되어가는 과정을 시리즈로 그리고 있습니다.

보리콩

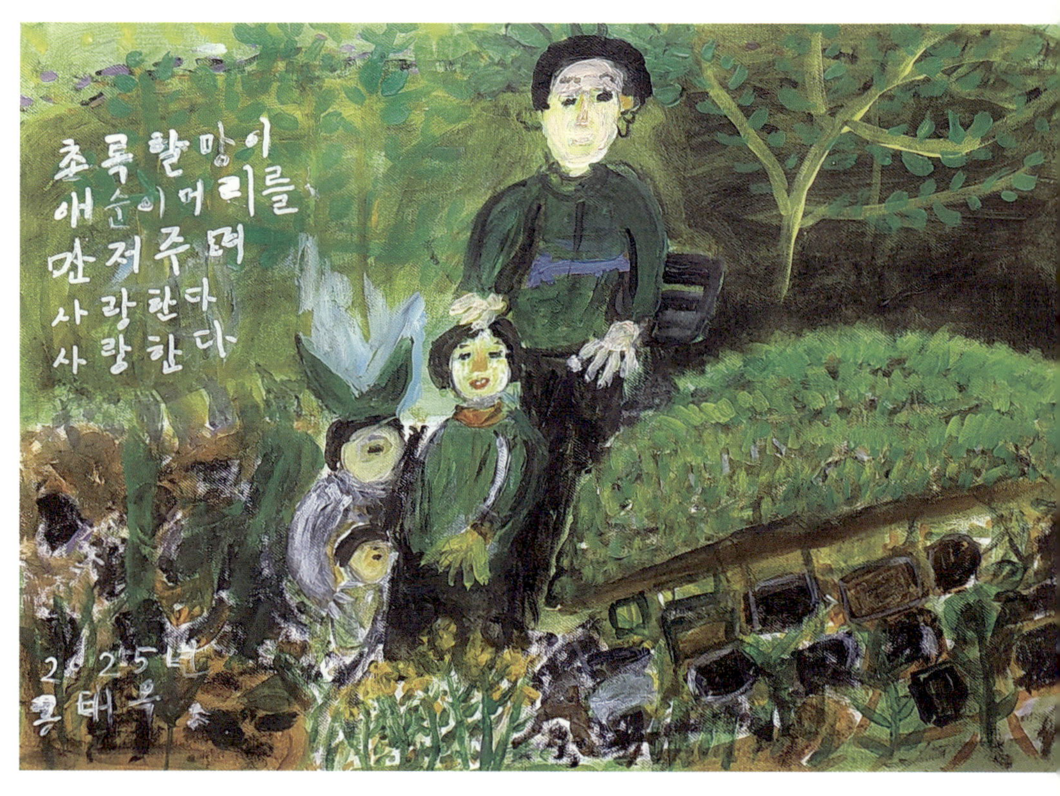

초록할망 홍태옥, 캔버스에 아크릴, 2025

초록할망의 그림에는 큰 목소리도, 요란한 움직임도 없습니다. 하지만 할망은 누구보다 빠르게 위태로운 순간에 당도해, 조용히 자리를 내어주는 사람입니다.

돌아가신 어머니 무덤가에 황망하게 선 아이 옆에서 초록할망은 말없이 머리를 쓰다듬습니다.

"사랑한다, 사랑한다."

말은 짧지만 손길은 오래 남습니다. 그 무덤에도, 옆에 선 또 다른 어린 존재 머리 위에도, 초록 잎이 조용히 솟아납니다. 슬픔과 생명이 동시에 자라는 곳, 이곳이 초록할망의 세계입니다.

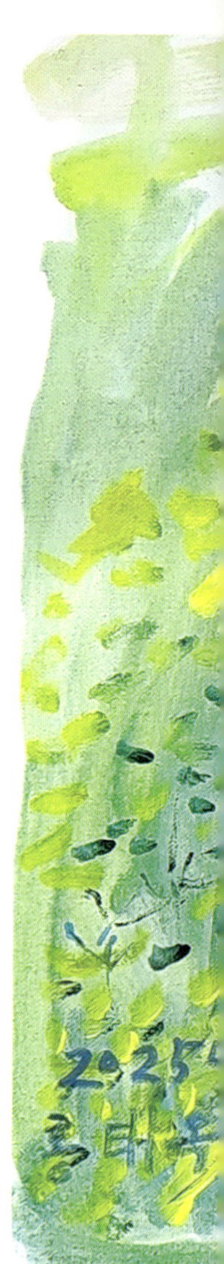

과거 제주에서는 죽은 자의 혼이 산 자에게 붙
는 것을 두려워했습니다. 특히 어린 여자아이, 상
처 입은 아이에게는 잡귀가 잘 붙는다고 여겼고,
수시로 붉은 팥이 뿌려졌습니다. 어른들은 돌봄이
라는 미명하에 조용히 아이들을 괴롭혔습니다.

초록할망은 그 장면을 멀리서 바라봅니다. 팥
을 뿌리는 그 조용한 폭력을 기록합니다. 그림 속
에서 붉은 팥은 이제 곧 사라질 구식의 잔재가 되
고, 아이는 그 풍습에 맞서는 증인이 됩니다. 초록
할망은 이 기록을 통해 아이들에게 미래를 향한
길을 열어줍니다.

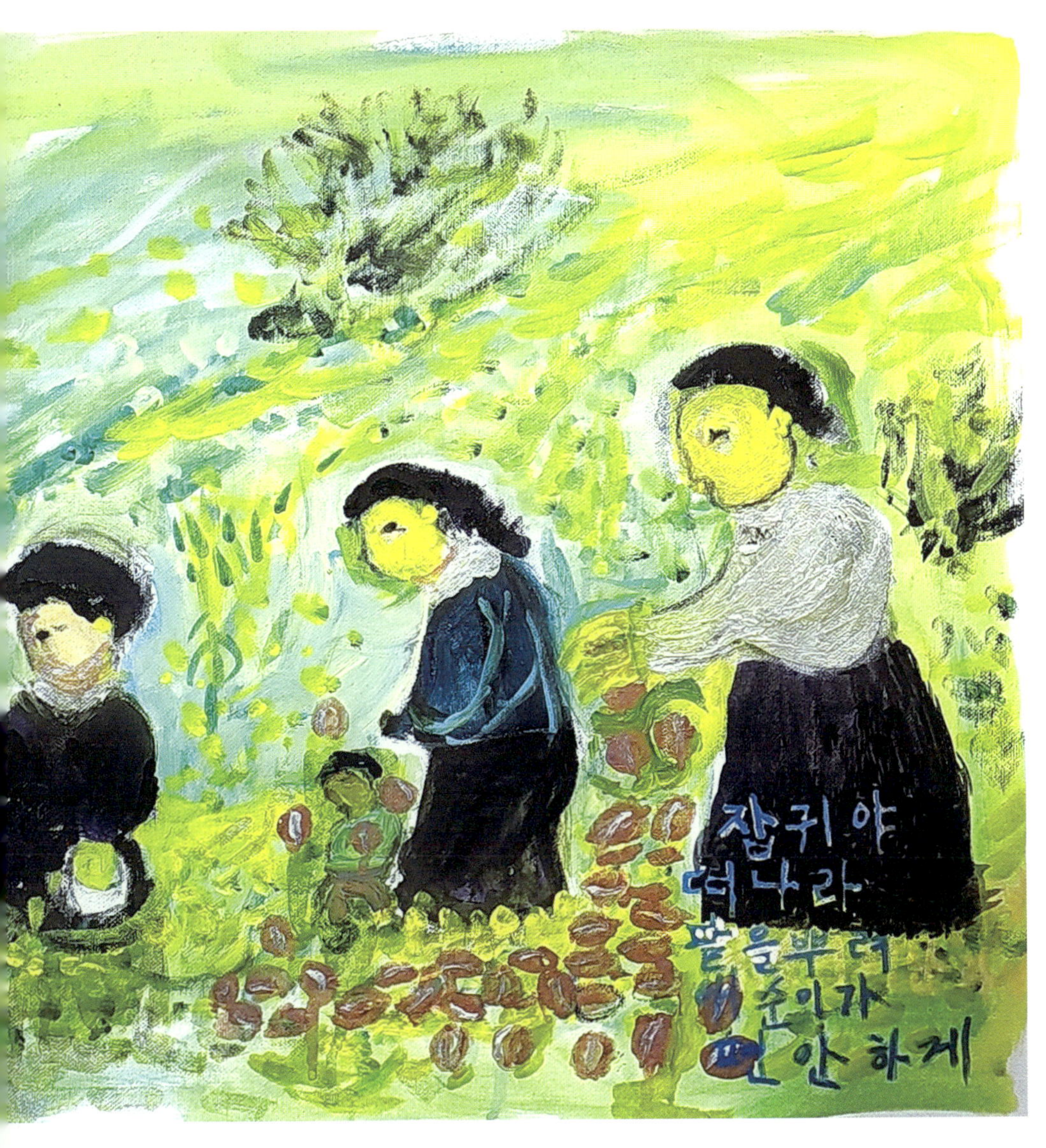

초록할망 홍태옥, 캔버스에 아크릴, 2025

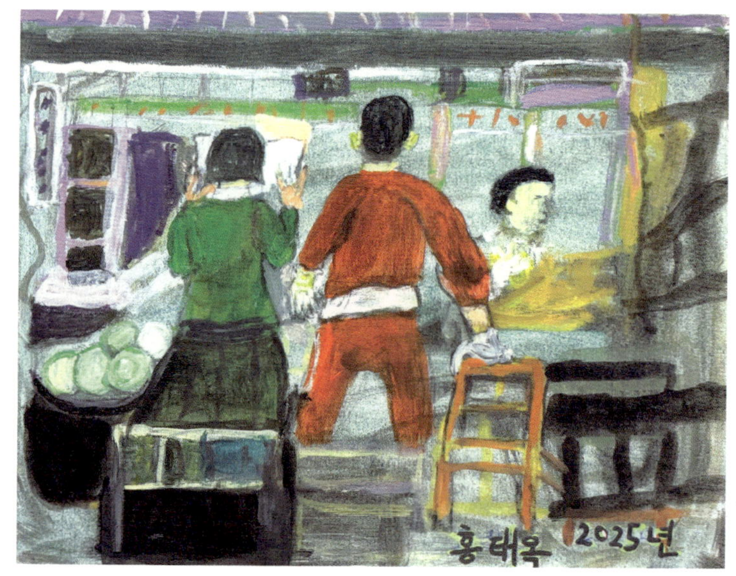

이거슨
소리 없는 아우성

시장통 소란 속 두 사람이 나란히 관객을 등지고 앞을 향해 서 있습니다. 좌판에 초록 양배추를 진열해둔 채 책에 몰입한 학생 옆에 두 다리를 벌리고 선 붉은 추리닝의 청년이 꼭 호위 무사처럼 보입니다. 둘만의 연대가 느껴집니다.

관객은 두 사람 뒤에서 그들의 어깨너머 감정을 상상하게 됩니다. 책에 빠져든 그녀를 대신하려는 청년의 무쇠 같은 마음을요. 초록색과 붉은색의 보색 관계가 두 사람의 감정을 은유적으로 드러냅니다. 시장이라는 일상 무대를 배경으로 두 인물의 내면이 섬세하게 직조되어 있습니다.

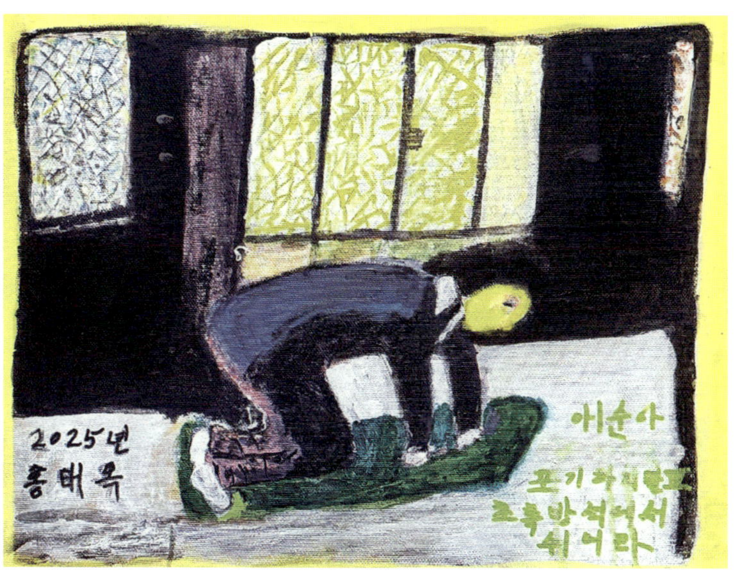

초록 방석

　　그림 속 인물은 시어머니의 강요 속에서 억지로, 억지로 백팔배를 올리고 있습니다. 등이 굽고 무릎이 붓습니다. 바닥만 쳐다보는 눈에는 눈물이 고였습니다. 그 모습을 본 초록할망은 아무 말 없이, 그저 무릎 아래에 초록 방석을 하나 깔아줍니다. 조용히 응원합니다. 포기하지 말라고, 잠시 쉬어도 된다고. 마음이 다치지 않도록 깔아주는 따뜻한 방석입니다. 초록할망은 늘 그렇게 응원해 왔습니다. 말없이, 그저 편히 앉을 자리를 내어주는 방식으로.

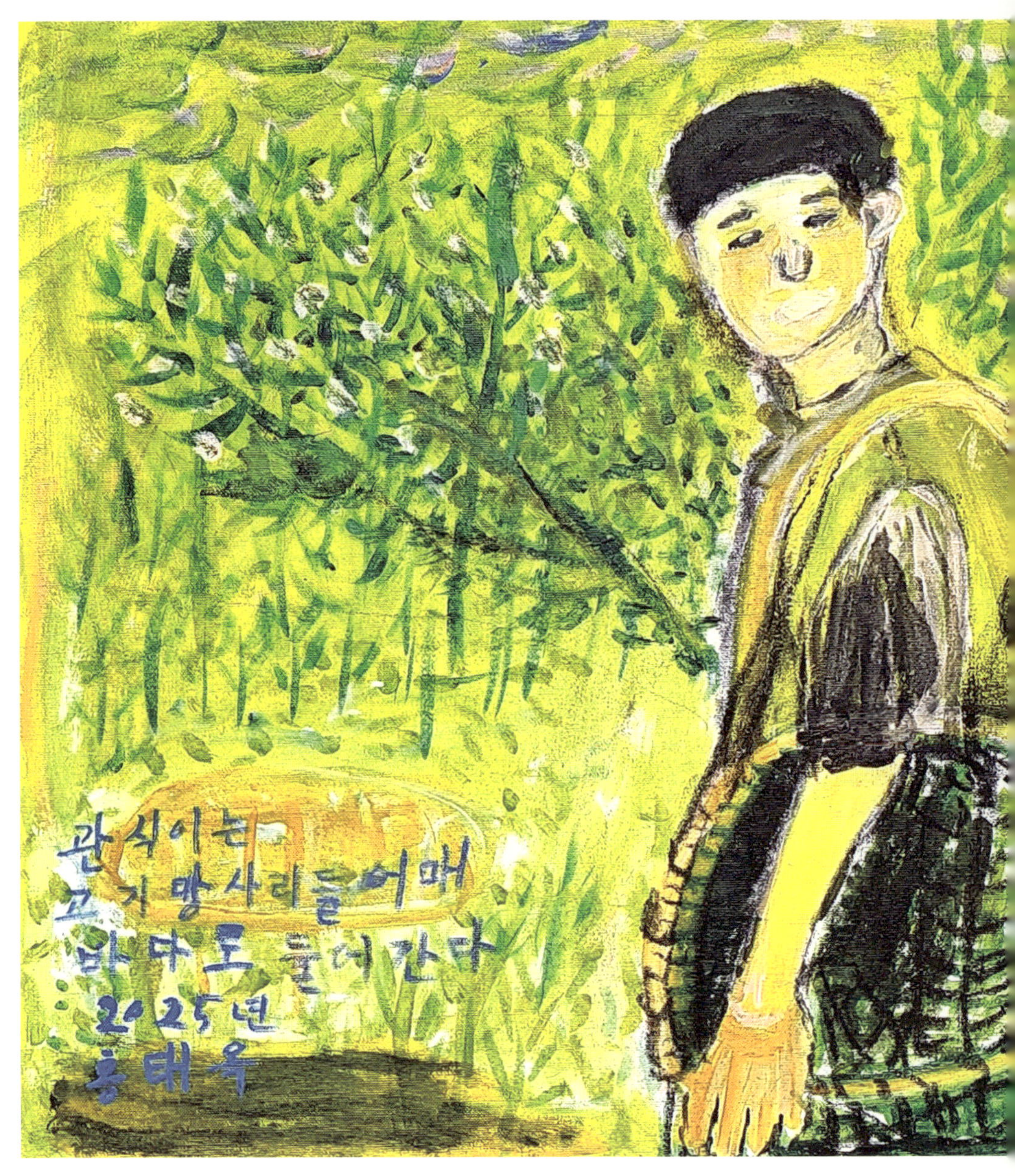

초록할망 홍태옥, 캔버스에 아크릴, 2025

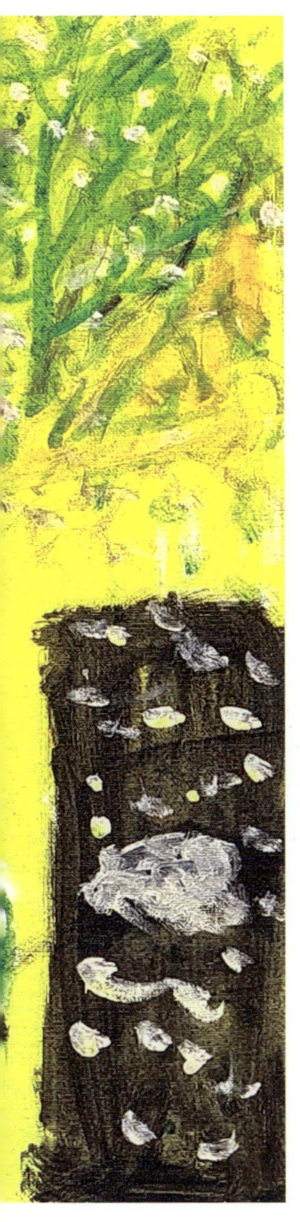

매일 아침 바다로 향하는 어부의 마음은 어떨까요. 젊은 어부는 빈 망사리를 들고 또 바다로 향합니다. 계속 반복되는 노동은 고되기만 할 텐데 노랑과 초록으로 물든 주위는 찬란하게 느껴집니다. 어부가 고개를 돌려 이쪽을 봅니다. 그 순간 우리의 눈과 맞닿습니다. 우리가 바다로 나가는 그를 응원하듯, 그도 남아 있는 우리를 생각할 것입니다.

매일을 살아가는 존재에게 초록할망은 이렇게 응원을 전합니다.

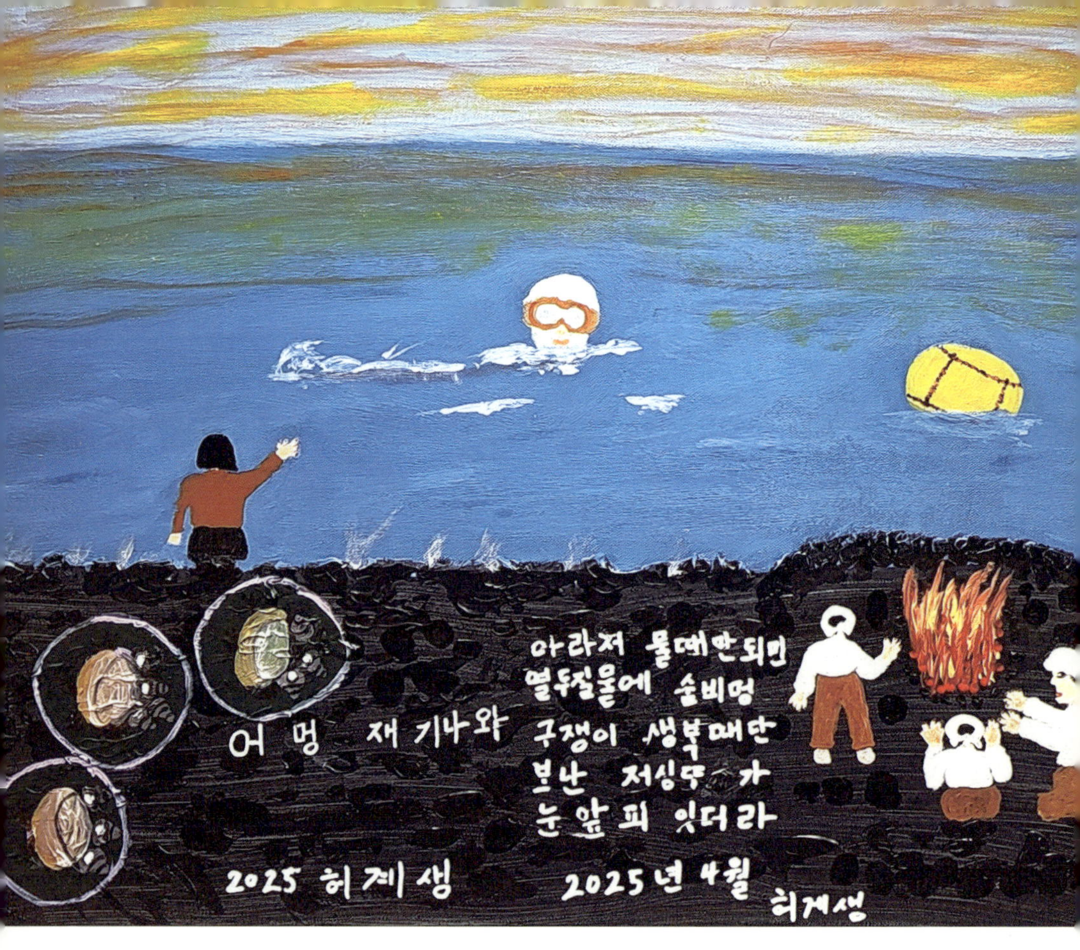

불할망 허계생, 캔버스에 아크릴, 2025

1953년생인 막내 불할망은 기운을 북돋는 불의 여신입니다. 해녀들의 불턱에 불을 지피듯 사람들 마음에도 따뜻한 불씨를 나눕니다.

왼편에서 아이가 바다를 향해 다급히 외칩니다.

"어멍, 재기(빨리) 나와!"

다급한 상황을 알리듯 해녀 이모들 앞에는 불이 활활 타고 있습니다. 이건 해녀들이 보내는 연대의 신호입니다. 파도 속에 잠겨 있던 어멍이 급히 타오른 불처럼 돌아옵니다. 사랑에 응답합니다.

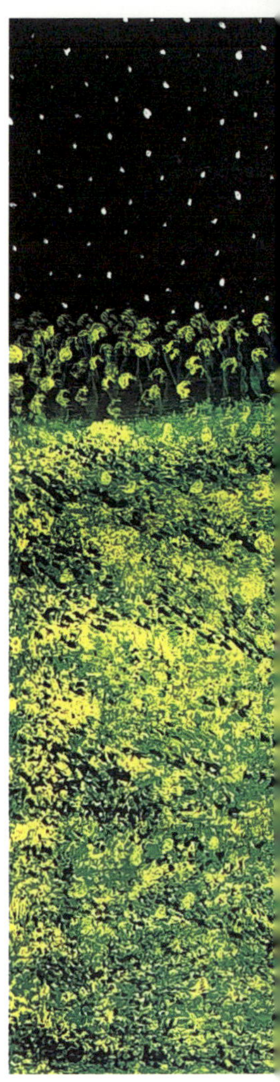

어둑한 밤, 유채밭 한가운데 사랑하는 두 사람이 두 손을 맞잡고 서 있습니다. 그리고 그 뒤로 신화처럼 나타난 불할망이 보입니다. 백마를 탄 불할망이 중재자이자 수호자로서 이곳의 분위기를, 두 사람의 사랑을 지킵니다. 이야기에 개입해서라도 두 사람의 사랑을 지켜주고 싶은 불할망의 소망이 신화적으로 구현된 장면입니다.

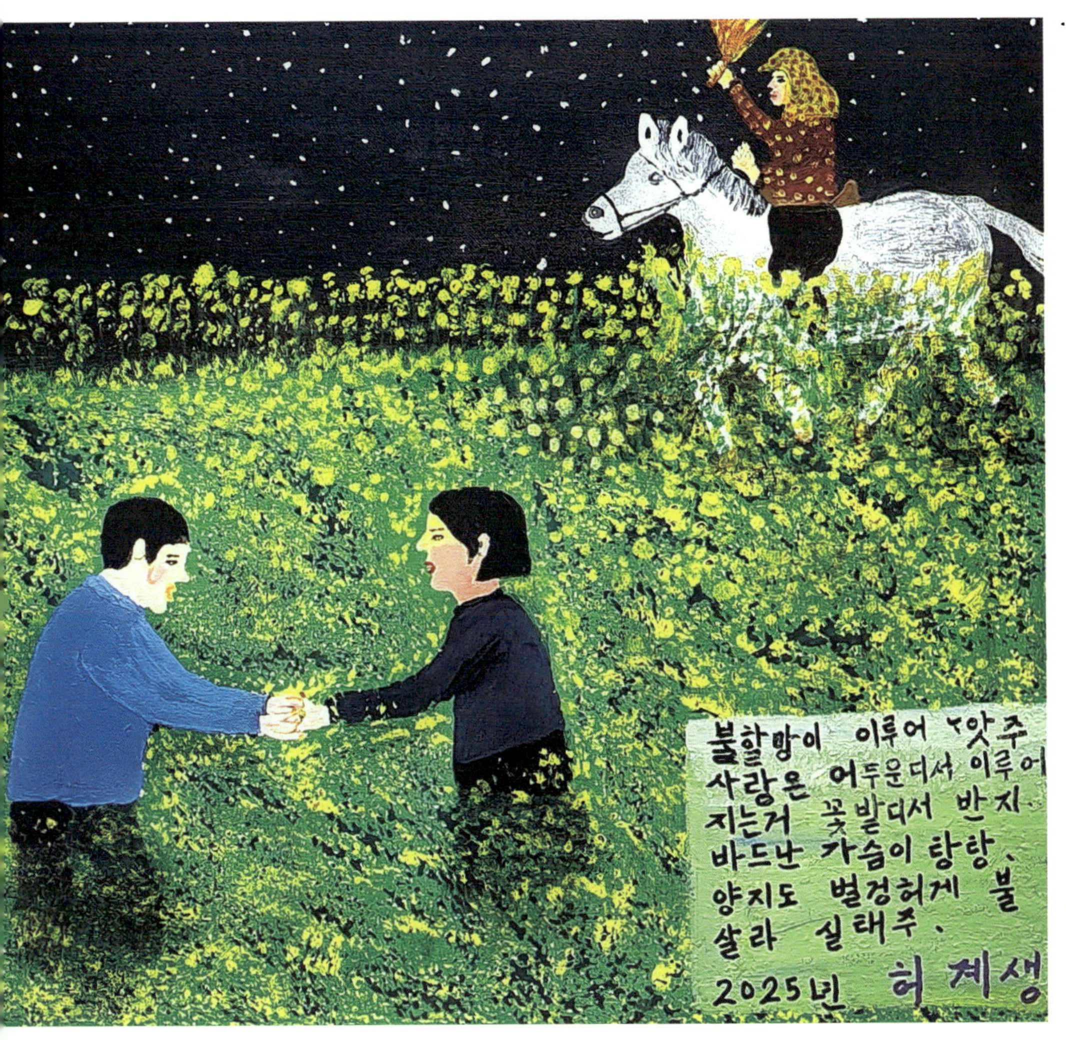

불할망 허계생, 캔버스에 아크릴, 2025

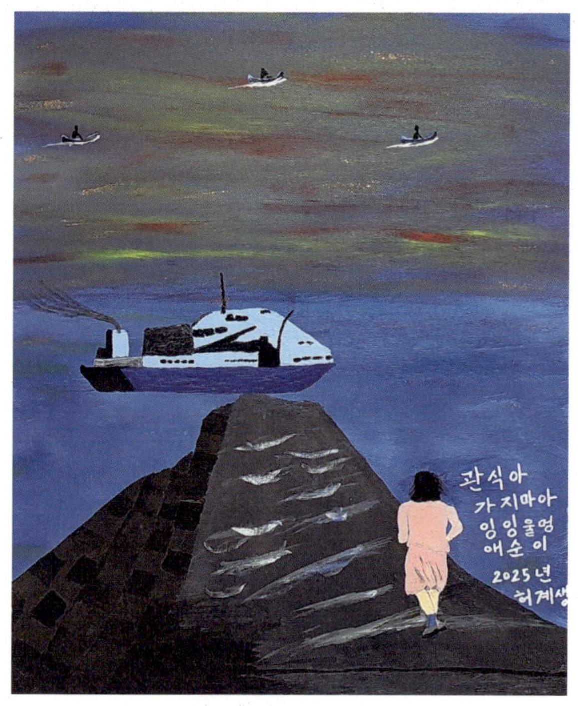

가지마

분홍색 투피스를 입은 소녀가 달립니다. 이미 떠나버린 배를 향해 뜁니다. 양장점에서 새 분홍 투피스까지 맞춰 입고 재취로 시집가기 직전, 결정적 순간을 박차고 나왔습니다. 그 마음은 어땠을까요? 모든 것을 버리고 무작정 바다를 향해 달리고 또 달리는 그 마음. 이성도, 체면도, 순서도 모두 져버린 그 마음은 언젠가 저 밑바닥에서 마음을 꺼내 본 사람이라면 누구나 아는 것입니다. 불할망은 그 마음을 하늘로 옮깁니다. 하늘을 붉게 물들인 사랑의 발화, 혹은 이별의 상흔. 마음 안쪽에서 피어난 진짜 불꽃이 하늘을 만화처럼 물들입니다. 불할망은 그 뜨거운 마음을 붙잡아두었습니다. 몸보다 앞서 나가 하늘을 물들인 마음을.

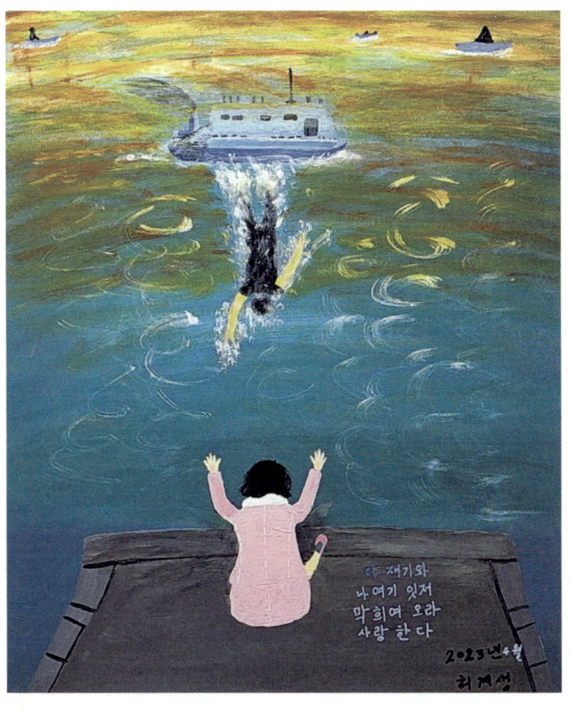

막 희여 오라

부둣가에 주저앉은 소녀가 두 팔을 하늘로 쭉 뻗고 절규합니다. 동동거리는 마음이 저 멀리 떠나가는 배를 향해 날아갑니다. 그리고 기적처럼 그 울음을 들은 이가 돌아섭니다. 무쇠 같은 두 팔을 저어 파도를 갈라 돌아옵니다.

그 기적과도 같은 순간, 하늘이 환하게 빛납니다. 바다에 빛이 비칩니다. 불할망이 그 순간을 축복합니다.

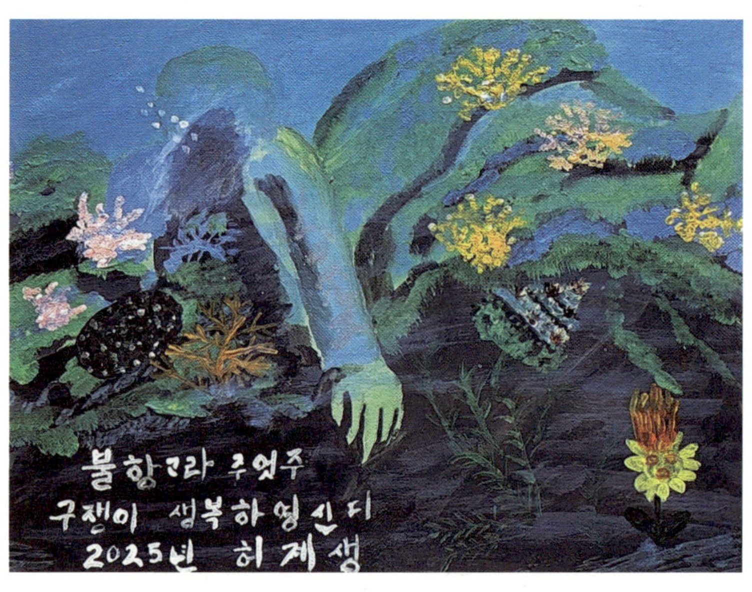

구 쟁 이 생 복 하 영

"불할망이 고라주었주(말해주었지). 구쟁이 생복 하영 신디(소라 큰 전복이 많이 있는 데)."

산호가 가득한 바다 밑바닥. 해녀의 손이 검은 현무암을 천천히 훑습니다. 오른쪽 아래에 핀 꽃 한 송이에는 붉은 불이 붙었습니다. 물속에서도 피는 불. 그것이 욕망의 신호인지, 생명의 신호인 지, 해녀의 숨이 하얗게 꼬르륵 오릅니다. 해녀는 경험에 의존해 생명과 죽음을 구별해냅니다. 해녀 들에게 물질이란 단순한 채취가 아니라 기억의 세 계에 몸을 담그는 일입니다.

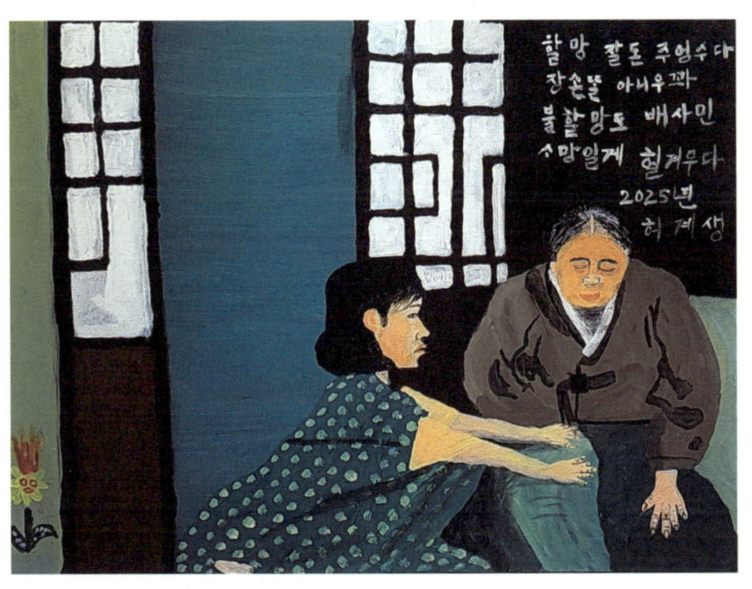

할망 돈

할머니가 속곳 깊숙한 곳에 소중히 감춰두었던 무언가를 꺼냅니다. 그 앞에 앉은 손녀가 두 팔로 할머니의 속곳을 빠르고 민첩하게 가려줍니다. 그저 두 팔로 마음을 전하면서 얼굴이 벌겅해집니다.

불할망은 여기서도 크게 나서지 않습니다. 그저 그림 왼쪽 구석에 피어난 작은 꽃 한 송이가 되어 이 순간을 지켜보고 있습니다.

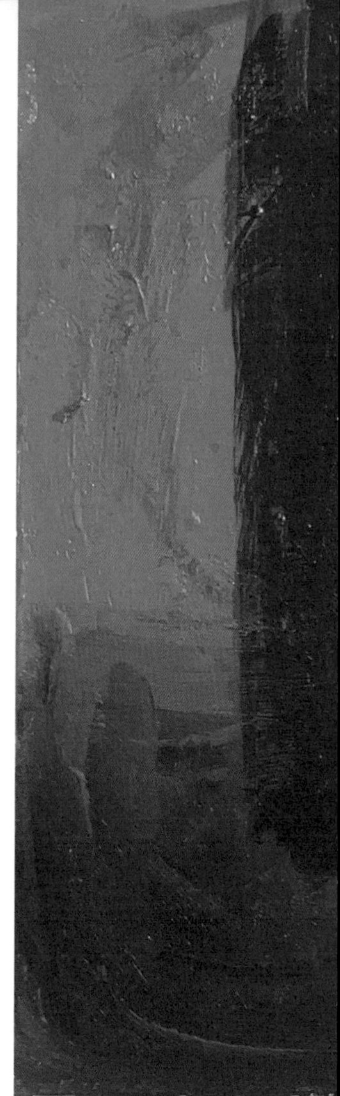

우라차차! 의지의 신, 우라차차할망 조수용. 선
흘에서 95년을 꿋꿋하게 살아낸 그녀는 밭일도,
그림도 거침없이 해내는 제주 할망! 작고 빠른 몸
짓과 총명한 눈빛으로 오늘도 삶을 한 붓에 힘차
게 담아냅니다.

단순하지만 과감하게 그린 이 그림을 보세요.
짙은 녹색 이끼가 내려앉은 해안가의 넓고 납작한
바위 위에 선 두 발이 새하얀 바다를 향합니다.

"엄마 엄마."

단순한 한마디가 그림에 이야기를 불어넣습니
다. 바다를 보고 엄마를 찾는 아이. 자신을 위해 바
닷속에서 헤엄치고 있을 엄마를 기다리는 것이겠
지요. 간결한 그림에 사랑의 이야기가 담겼습니다.

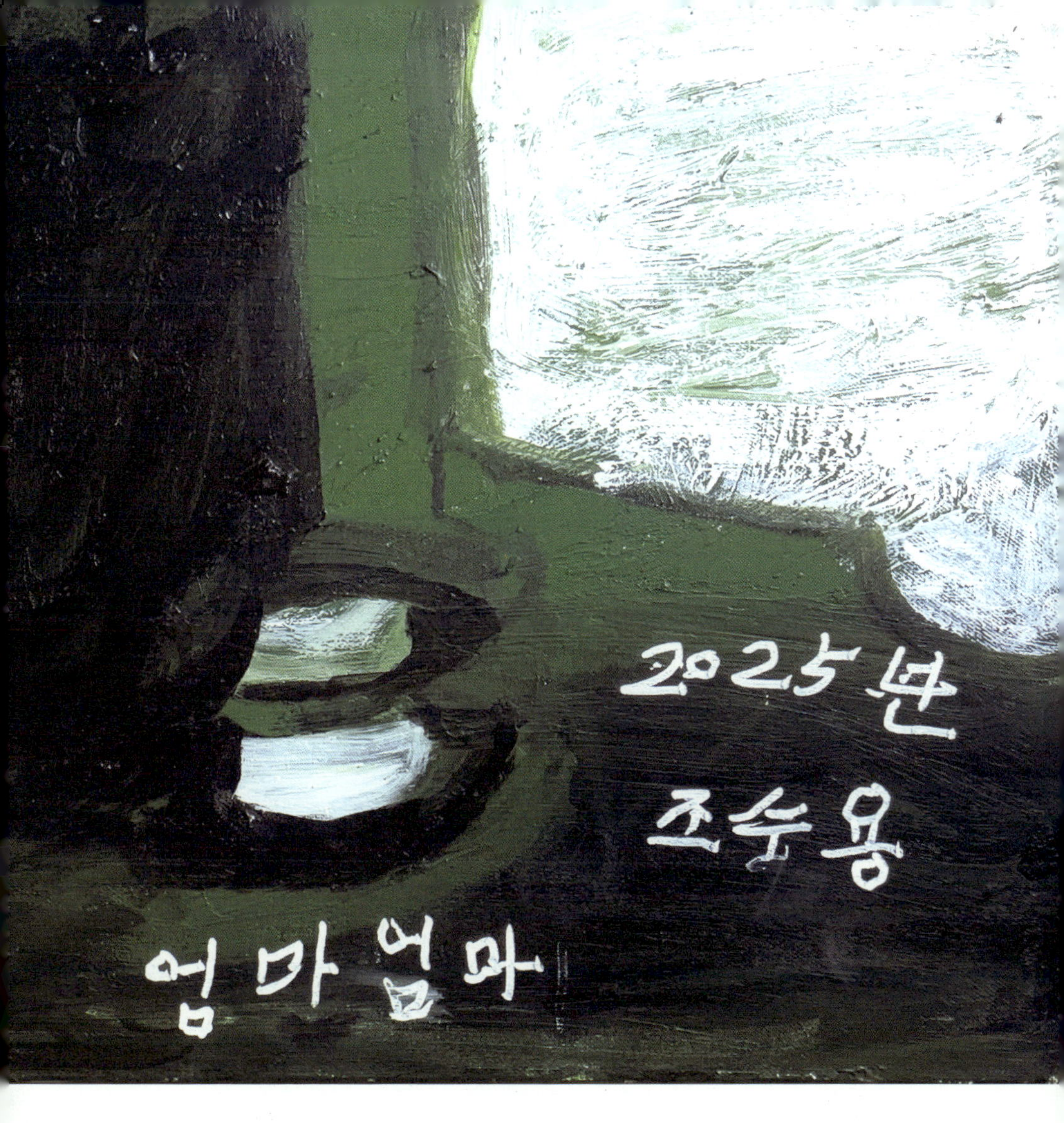

우라차차할망 조수용, 캔버스에 아크릴, 2025

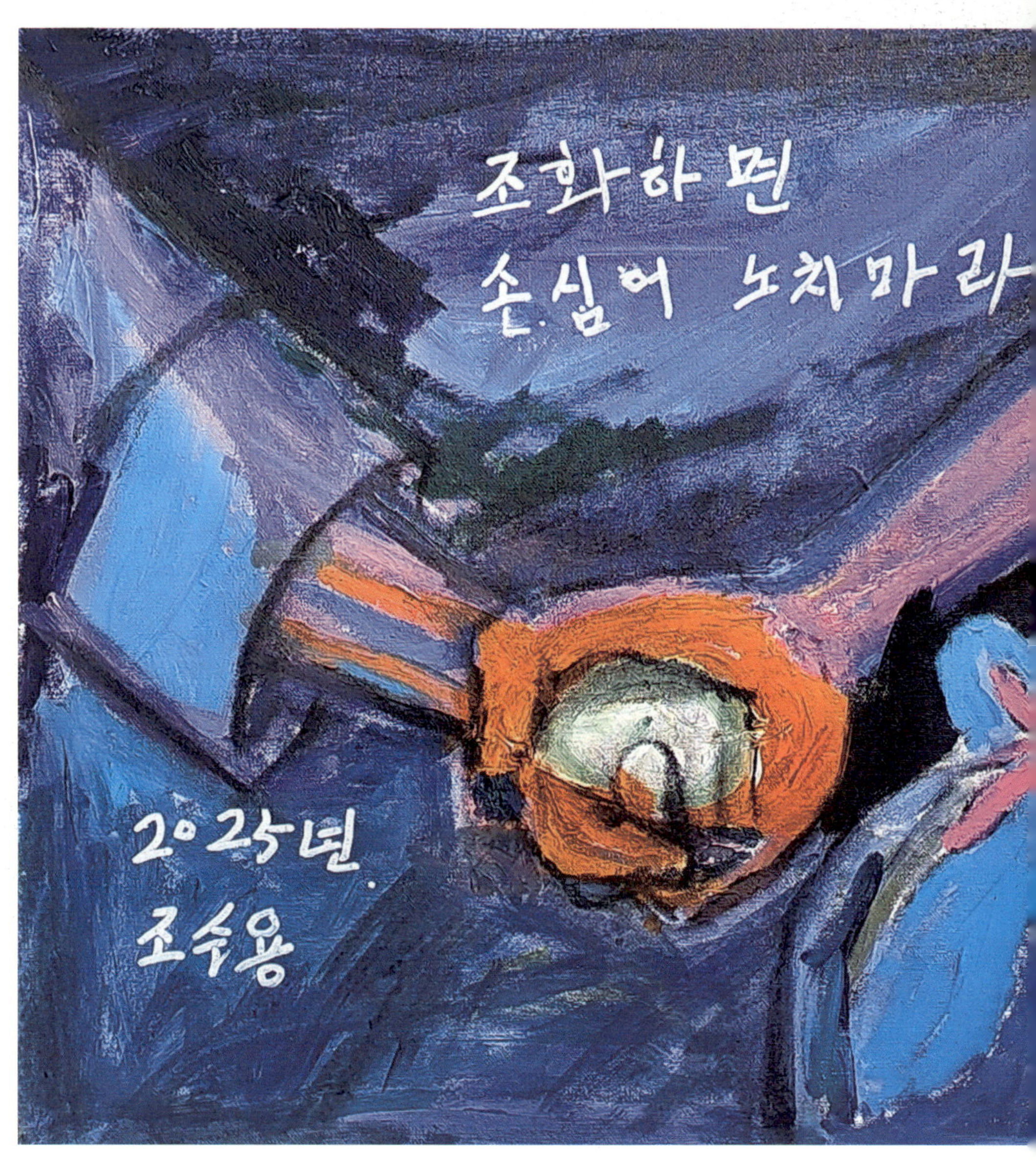

우라차차할망 조수용, 캔버스에 아크릴, 2o25

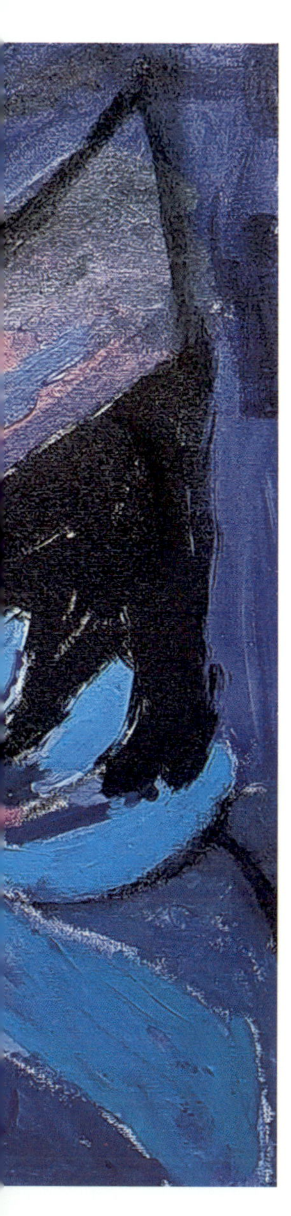

조화하면
손심어 노치 마라

우라차차할망이 이번에는 달랑 보따리 하나 들고 도망치는 남녀의 두 손을 그렸습니다. 사랑 앞의 결연한 의지를 빠른 붓질과 강렬한 구도로 포착했습니다. 두 사람이 꼭 맞잡은 손에는 도망치는 이의 부끄러움이 아니라 돌파하는 이의 용감함이 담겨 있습니다. 두 사람이 함께 나아가려는 마음이 손을 타고 불처럼 우라차차 연결됩니다.

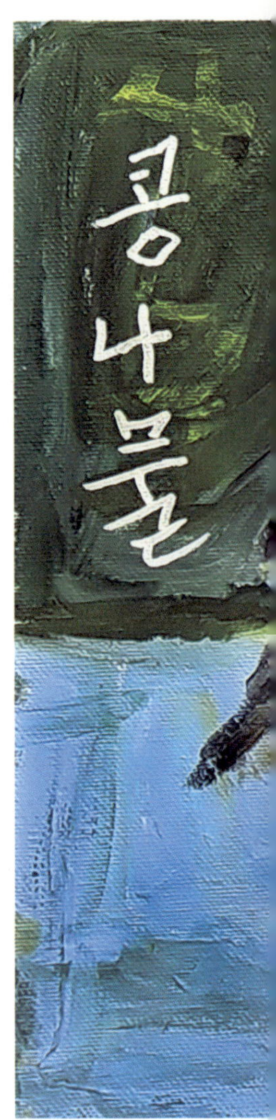

"콩나물 잘 키우려면 상처 난 것도 버리지 말고
그늘도 씌어줘야 혀."

우라차차할망은 그렇게 말하며 노란 콩나물에
숨을 불어넣었습니다. 고생이 참 많았지만 늘 정성
을 기울이며 살아온 삶의 단면이 노랗게, 봄처럼
피어오릅니다. 작은 콩나물 하나하나에서 어김없
이 다정한 손길이 느껴집니다. 정겹고 따뜻한 삶이
한 줌 노란 생명으로 번져갑니다.

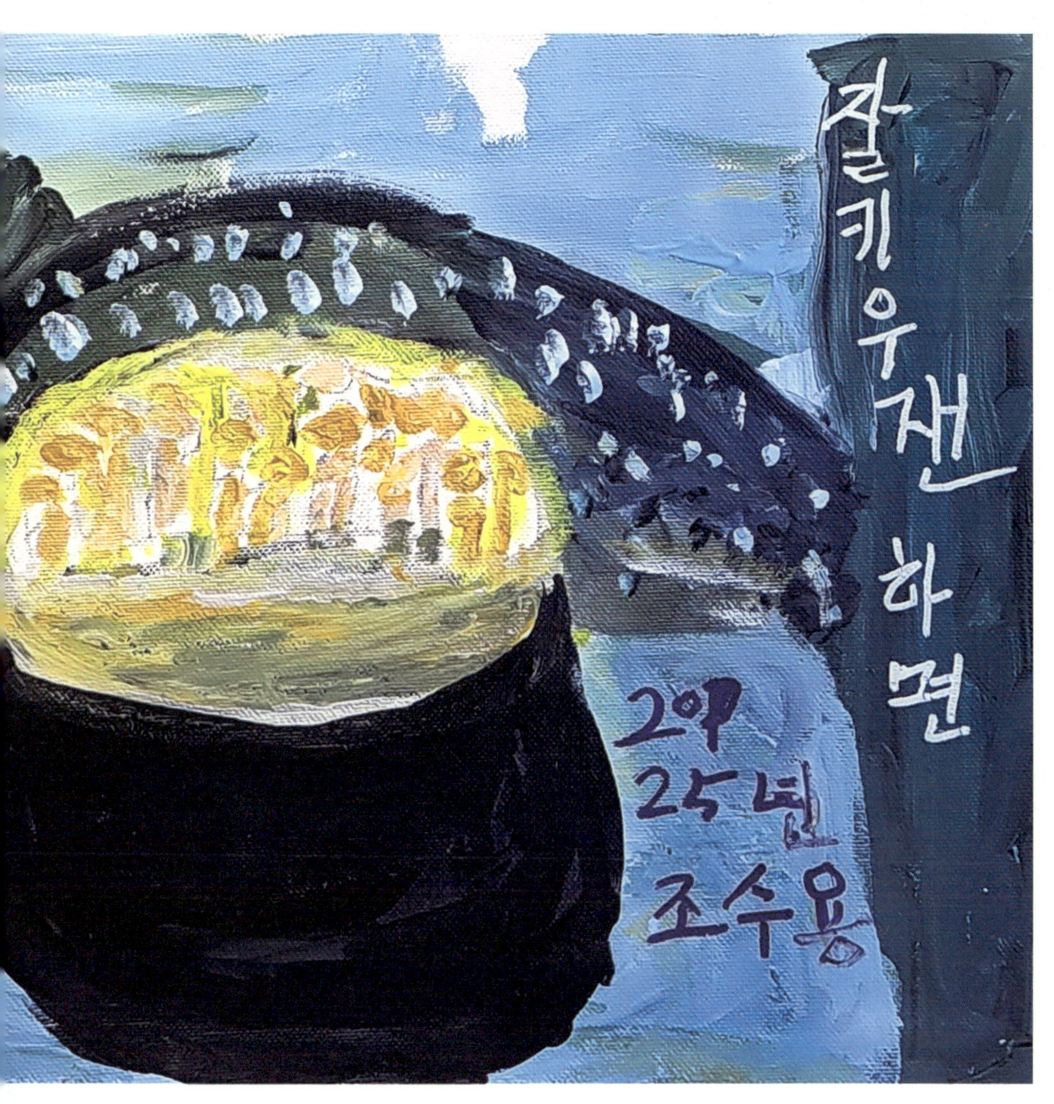

우라차차할망 조수용, 캔버스에 아크릴, 2025

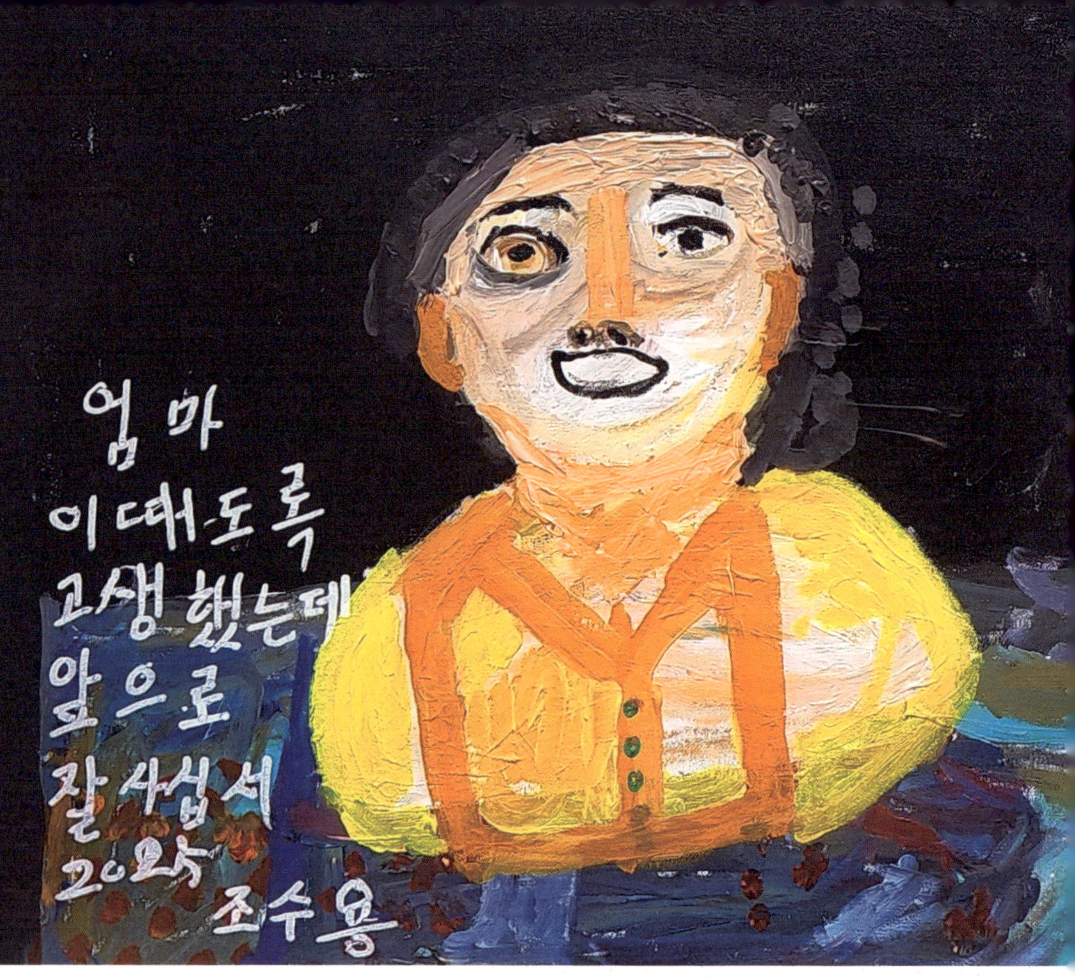

우라차차할망 조수용, 캔버스에 아크릴, 2025

"엄마, 이때도록 고생했는데 앞으로 잘 사십
서."

우라차차할망의 응원은 계속됩니다. 이 응원은
자신의 엄마를 향한 것이자, 엄마인 자신을 향한
것입니다. 꼭 깊숙이 숨겨온 속내인 양 새까만 밤
에 조용히 속삭여봅니다. 여태 고생했다고, 잘 살
라고.

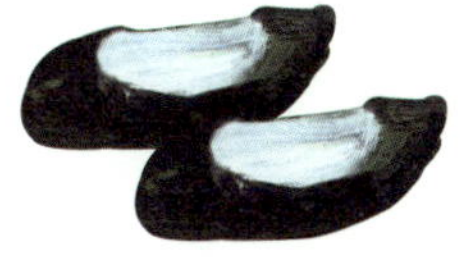

"기분이 좋으면 신이 온다."

기쁨이 솟을 때 세상이 출렁입니다.

노란빛, 파란빛, 연분홍빛이 출렁이며 함께 춤을 춥니다.

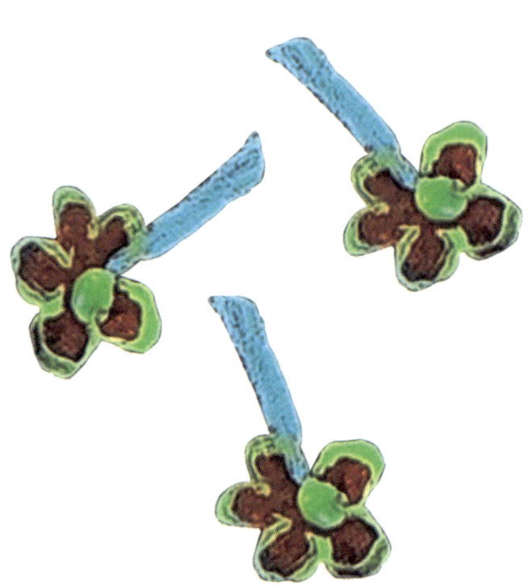

3

가슴이
살락살락
탈랑탈랑

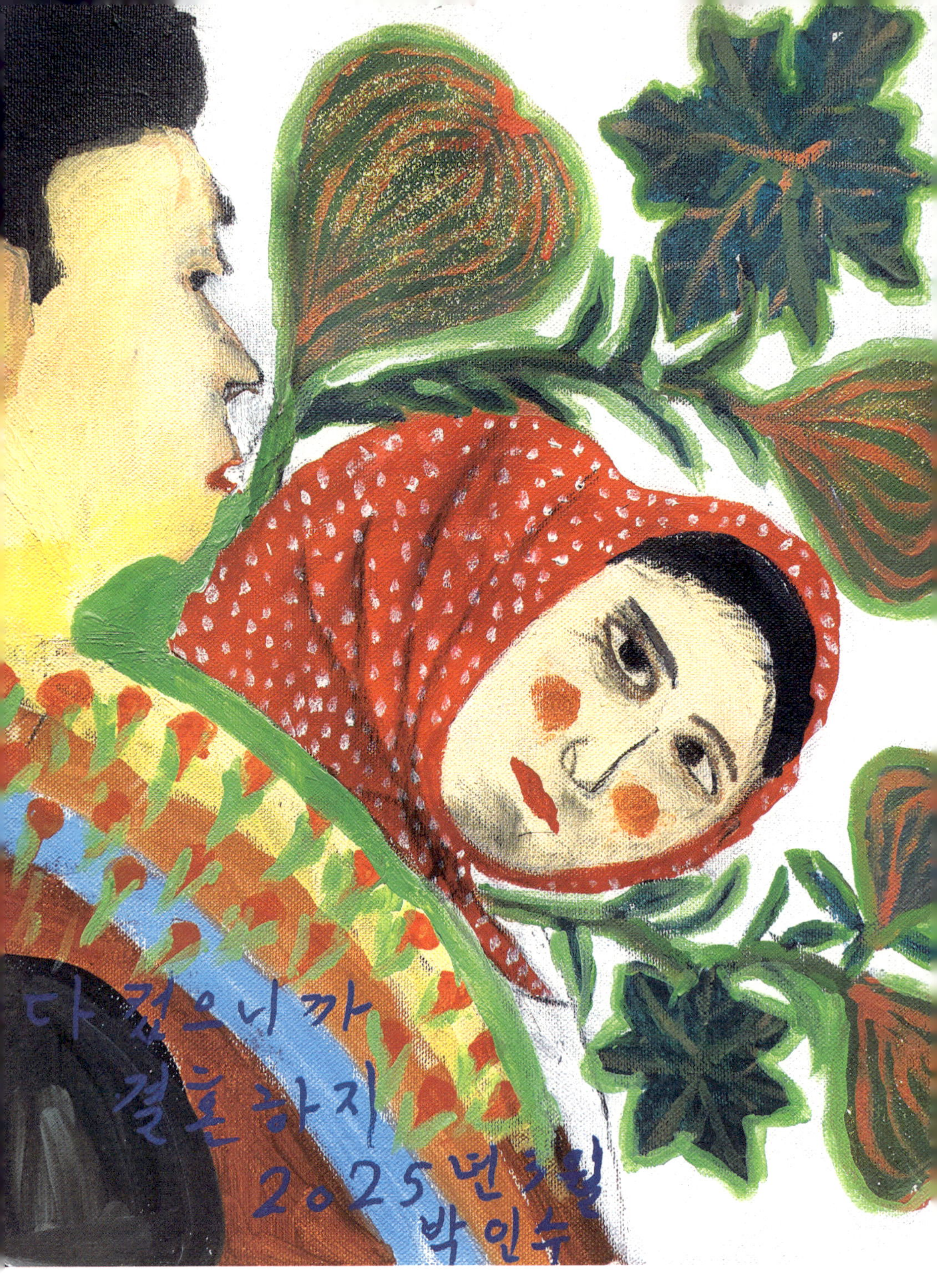

무화과할망 박인수, 캔버스에 아크릴, 2025

무화과할망은 일평생 농사짓던 귤밭에서 자라난 무화과나무 한 그루에 반해 사랑을 그리는 할망이 되었습니다. 농부의 손으로 사랑을 그려내며, 못다 한 연애 이야기를 그 속에 살짝 숨겨둡니다.

사랑하는 사람 쪽으로 고개를 돌린 여자 뒤로 무화과가 펼쳐져 있습니다. 무화과할망은 무화과를 그려 넣어 아무 말 없는 장면에 사랑의 향기를 더했습니다. 무화과의 달콤한 향기가 사랑의 향기가 되어 그림 밖으로 새어 나옵니다.

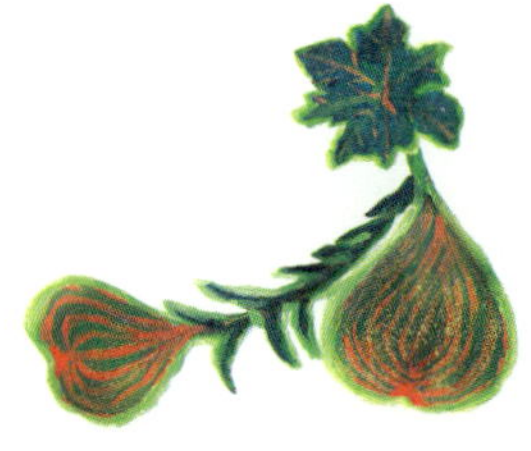

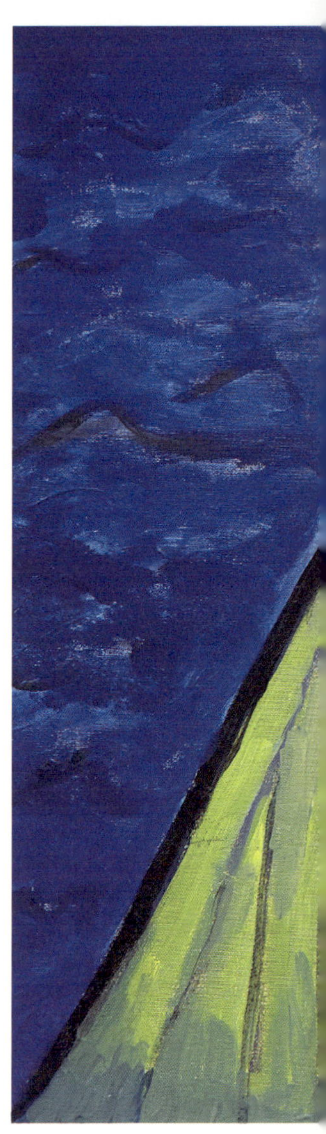

붉은 스카프를 뒤집어쓴 여자가 남자의 손을 끌고 선박 검표원에게서 달아납니다. 무화과할망은 그녀에게 무화과 무늬 원피스를 입혀주었습니다. 신의 선물 같은, 두 사람의 사랑을 감추고 지켜주는 위장입니다. 그리고 두 사람의 사랑을 지켜준 할망이 이렇게 적었습니다.

"나도…… 요망진 연애 한 번 해바쓰면 원이 업서요. 부럽따."

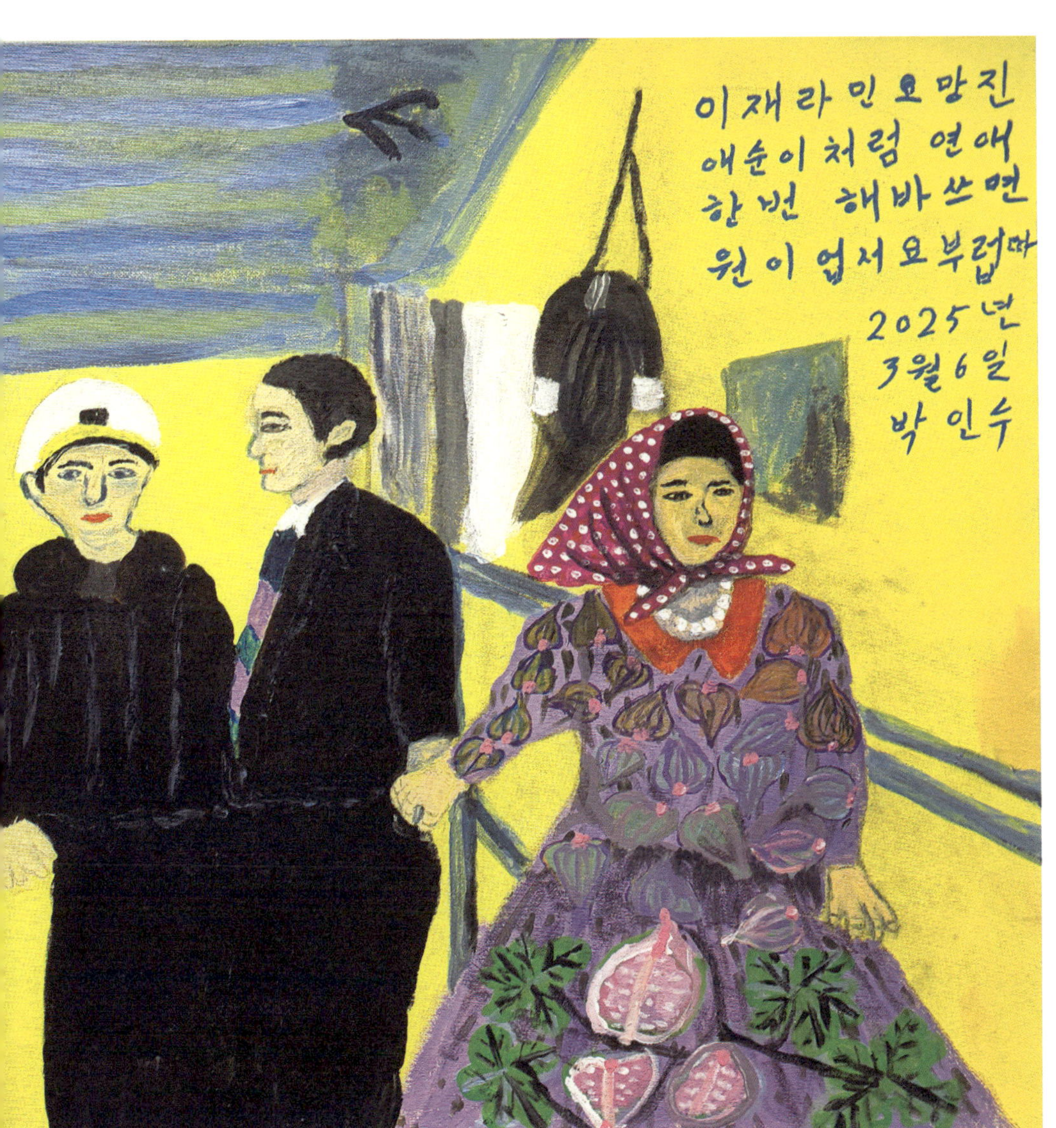

무화과할망 박인수, 캔버스에 아크릴, 2025

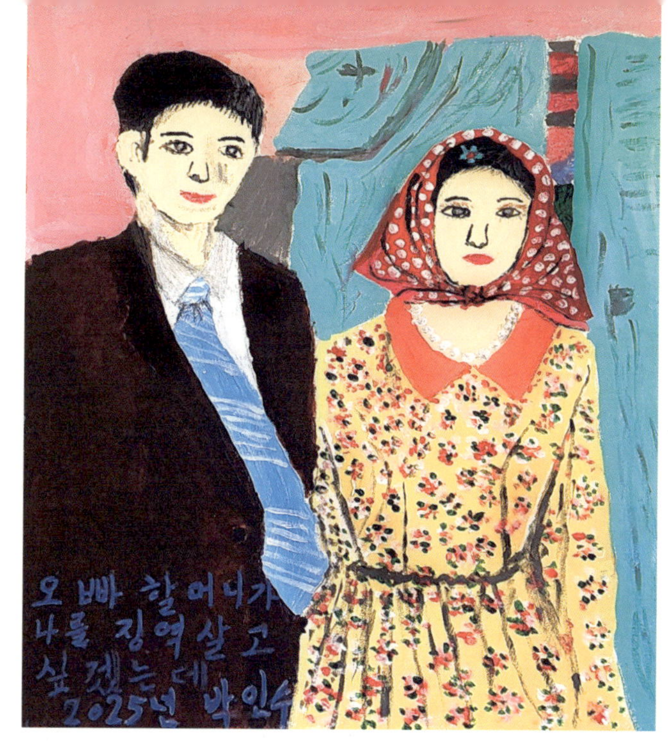

오빠 할머니가
나를 징역 살고 싶겠 는데

비뚤어진 넥타이와 진주 목걸이, 스카프 장식은 조금 어설프지만 분홍 배경 앞에 선 두 사람은 당당해 보입니다. 무화과할망은 도망치는 두 사람의 의상 색상과 인물 배치를 통해 순간의 서사와 감정을 정확히 포착해 구성했습니다. 이것이 바로 무화과할망의 장면 미학입니다. 두 사람의 당당함이 마치 잘 살아보겠다는 선언처럼 느껴집니다.

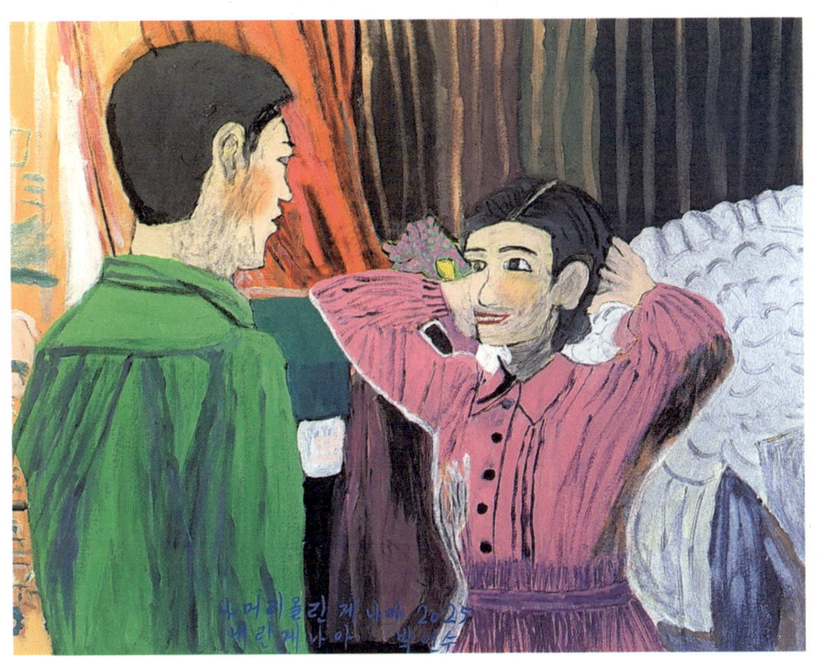

"머리 올린 게 나아? 내린 게 나아?"

결혼식을 앞둔 여자가 양장점 커튼 뒤에서 두 팔을 머리 위로 활짝 올립니다. 분홍 원피스를 입고 진주 목걸이에 스카프까지 곱게 맨 채 신랑을 향해 한껏 뽐내봅니다. 이건 설렘으로 가득 찬 자기 확신의 포즈입니다.

분홍 신부와 초록 신랑이 보색을 이루며 화면의 중심을 잡고 있습니다. 그 뒤로는 햇빛이 들어오는 쪽으로 환히 물들어가는 커튼이 보입니다. 밝은 앞날을 예고하는 것이겠지요. 무화과할망 특유의 장면 미학이 오롯이 담겼습니다.

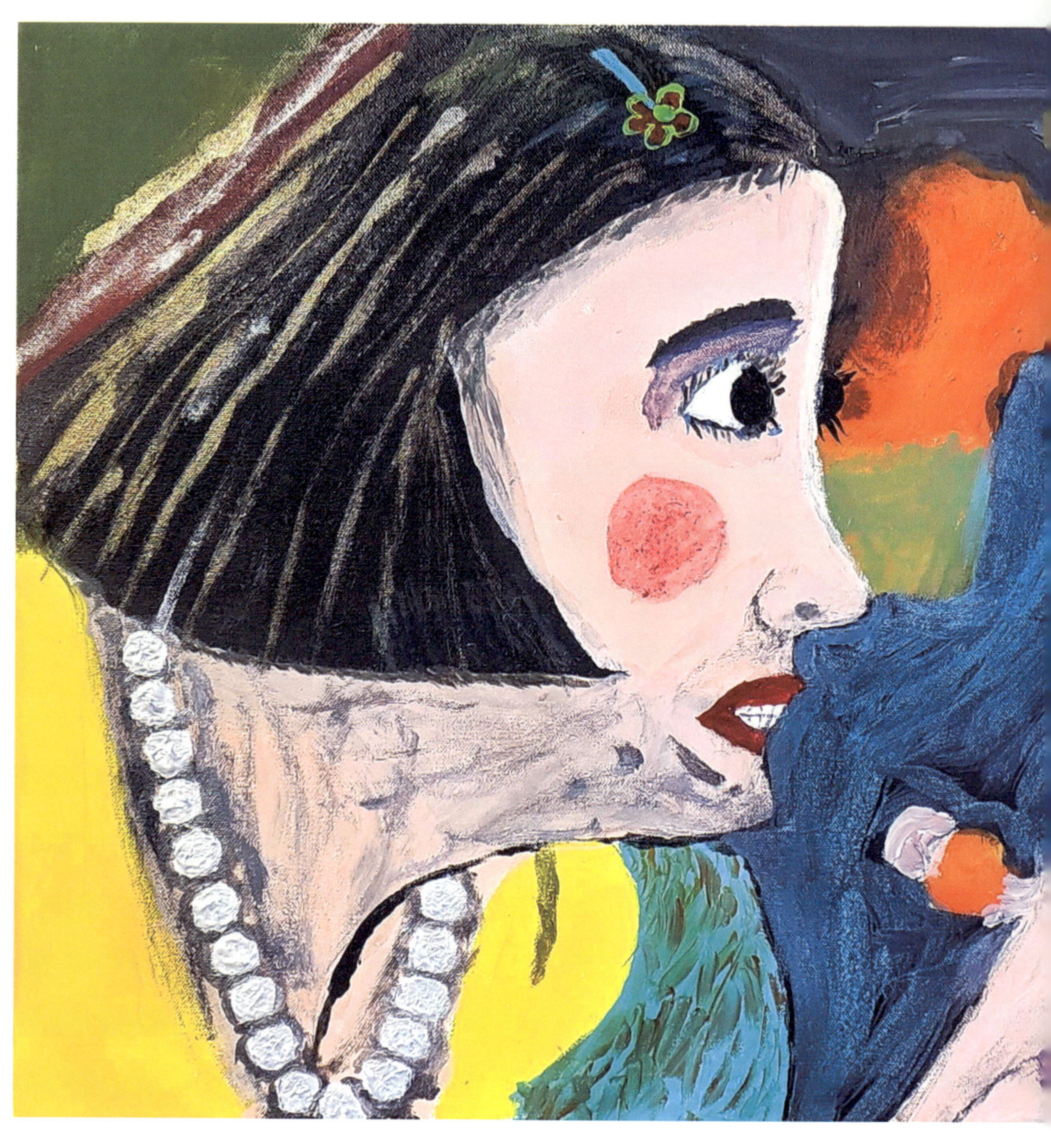

무화과할망 박인수, 캔버스에 아크릴, 2025

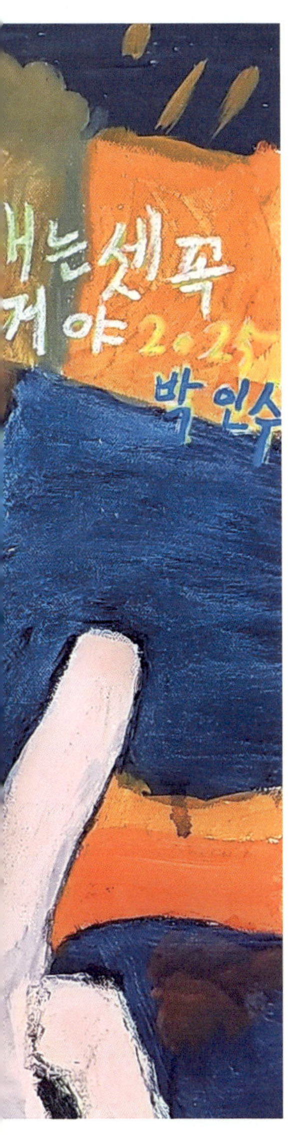

"애는 셋 꼭 날 거야."

부릅 뜬 눈과 꼿꼿이 뻗은 손가락에서 결연한 의지가 느껴집니다. 무화과할망이 말보다 몸이 앞서는 청춘의 선언을 웃기고도 진지하게 그려냈습니다.

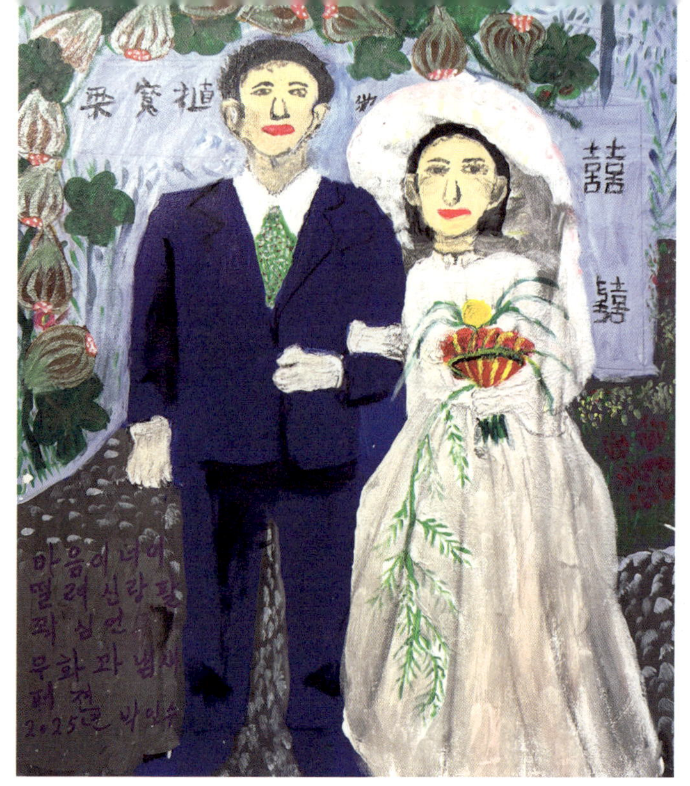

마음이 너미 떨려

"마음이 너미 떨려. 신랑 팔 꽉 심언. 무화과 냄새 퍼젼."

면사포를 덮은 둥근 모자, 광택이 흐르는 흰 장갑, 주름을 섬세히 펼친 새하얀 드레스가 신부의 감정을 고스란히 전달합니다. 무화과할망은 옷으로 말을 합니다. 옷은 단순히 입는 것이 아니라 감정에 질감을 더하는 것입니다. 옷으로 하여금 그때의 감정을 되살려봅니다. 빌려 입은 것이지만 그날의 예복은 삶에 화려한 질감을 더했주었습니다. 흰 드레스가 그림 아래로 넘치도록 흘러내립니다.

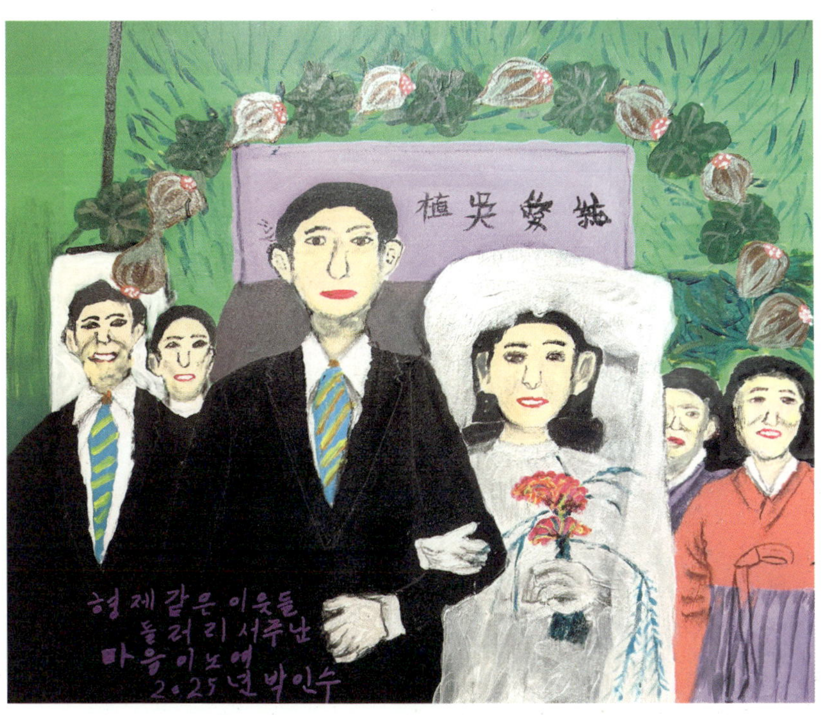

이웃들 들러리

무화과할망이 말합니다.

"형제 같은 이웃들 들러리 서주난 마음이 노여."

결혼하는 부부 뒤에 선 사람들은 가족이 아니라 마을 사람들입니다. 제주의 마을 공동체 의식을 새겨볼 수 있는 장면입니다. 무화과 향기 속에서 정으로 이어진 그들은 조용히 축복 행렬의 일부가 되었습니다. 그림은 한 세계로 들어가는 문입니다. 관객 역시 어느새 그 행렬의 일부가 되어 스며듭니다.

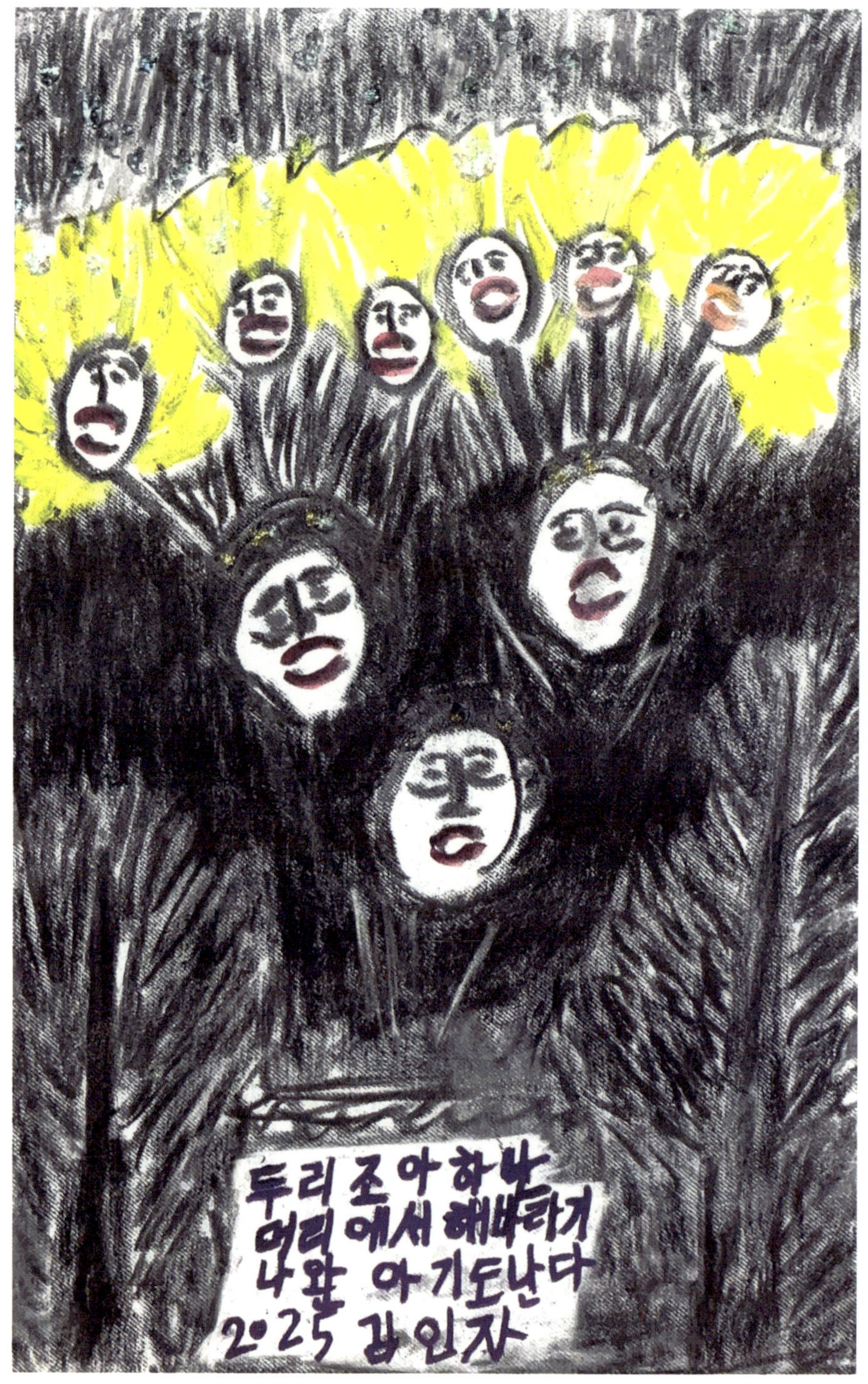

고목낭할망 김인자, 캔버스에 드로잉, 2025

고목낭할망은 나이 들어 85세에 처음 그림을 시작했습니다. 처음 붓을 든 순간은 마치 마른 나무에서 갑자기 꽃이 피는 순간 같았지요. 할망의 그림에서는 늘 생명이 터져 나옵니다.

할망이 사랑을 떠올리고 말합니다.

"둘이 좋아하니 머리에서 해바라기가 나왔수다. 아기도 나왔고."

그림 속 해바라기는 사랑이 싹트는 순간 느껴지는 기쁨과, 서로를 향한 마음이 생명으로 이어지는 순간을 상징합니다. 작고 유쾌한 고목낭할망이 그림으로 사랑과 생명을 피워냅니다.

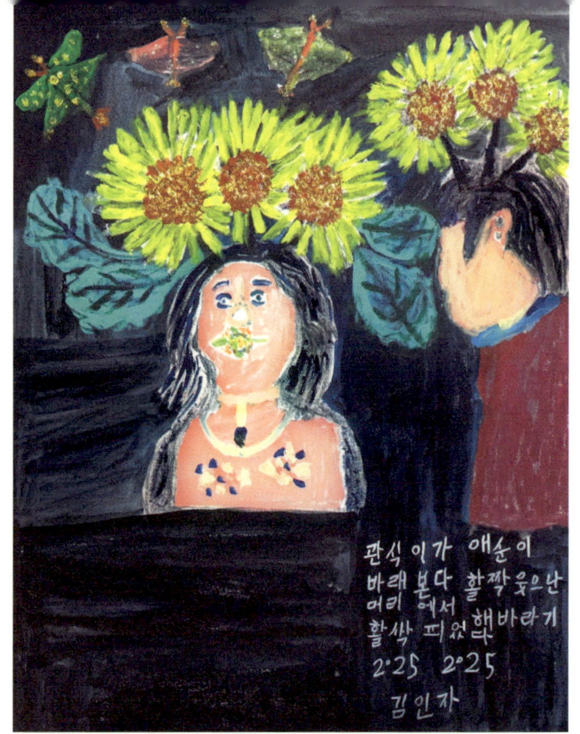

해바라기
활싹 피었다

고목낭할망이 또 한 번 해바라기를 피워냅니다. 남자의 애정 어린 시선을 느낀 여자의 머리 위에 해바라기가 '활싹' 피었습니다. 어찌나 빨리 피어났는지 그 속에 있던 나비들이 팔랑팔랑 날아갑니다. 무언가 한마디를 해야 하는데 입에도 꽃이 피어났네요. 할망이 말합니다.

"둘이 좋아하니 해바라기가 피었다."

사랑하는 두 사람의 눈이 마주치는 순간, 어두운 밤에도 환한 꽃밭이 펼쳐집니다.

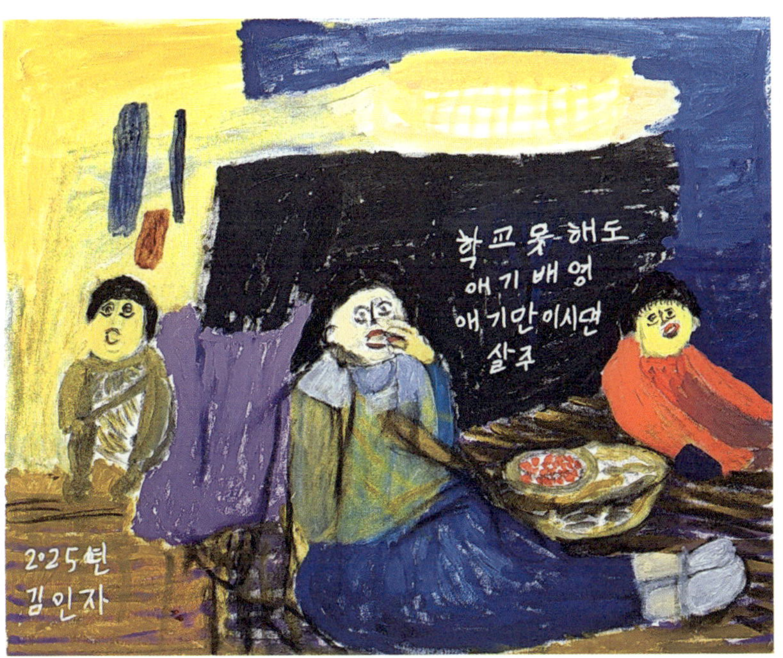

푸른 치마를 입은 임신한 여자가 평상에 앉아 바구니 속 음식을 열심히 먹고 있습니다. 두 아이가 똑같이 입을 벌리고 그 모습을 바라봅니다. 고목낭할망이 이 장면을 그리며 말합니다.

"학교 못 다녀도, 아기만 이시면(있으면) 살주."

그 말 속에는 자신이 살아온 삶의 철학이 고스란히 담겨 있습니다. 엄마의 식사는 자신을 살리는 동시에 뱃속의 아이를 돌봅니다. 한 몸을 중심으로 생명이 순환합니다. 살리는 일과 돌보는 일이 순간 하나가 됩니다. 함께한다면 자신을 살리는 일은 곧 전체를 살리는 일이 됩니다.

돈 어서도
애기만 이시민

정면을 응시한 세 사람 머리 위에 해바라기가 활짝 피어납니다. 두껍게 발린 해바라기의 질감이 생명력을 더욱 도드라지게 합니다. 언뜻 뿌리처럼 보이는 세 사람은 마치 한 몸처럼 감정과 생명력을 공유하고 있습니다.

노란빛과 초록빛이 화면을 가득 채운 이 그림을 통해 고목낭할망은 삶의 충만함을 예찬합니다. '돈이 없어도 아이만 있으면' 살아갈 수 있다는, 가난 속에서도 활짝 피어난 가족의 태양같이 찬란한 연대를 보여줍니다.

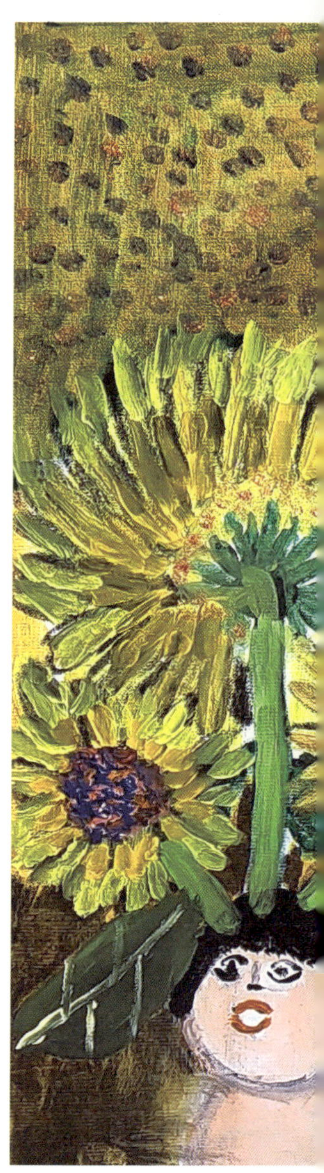

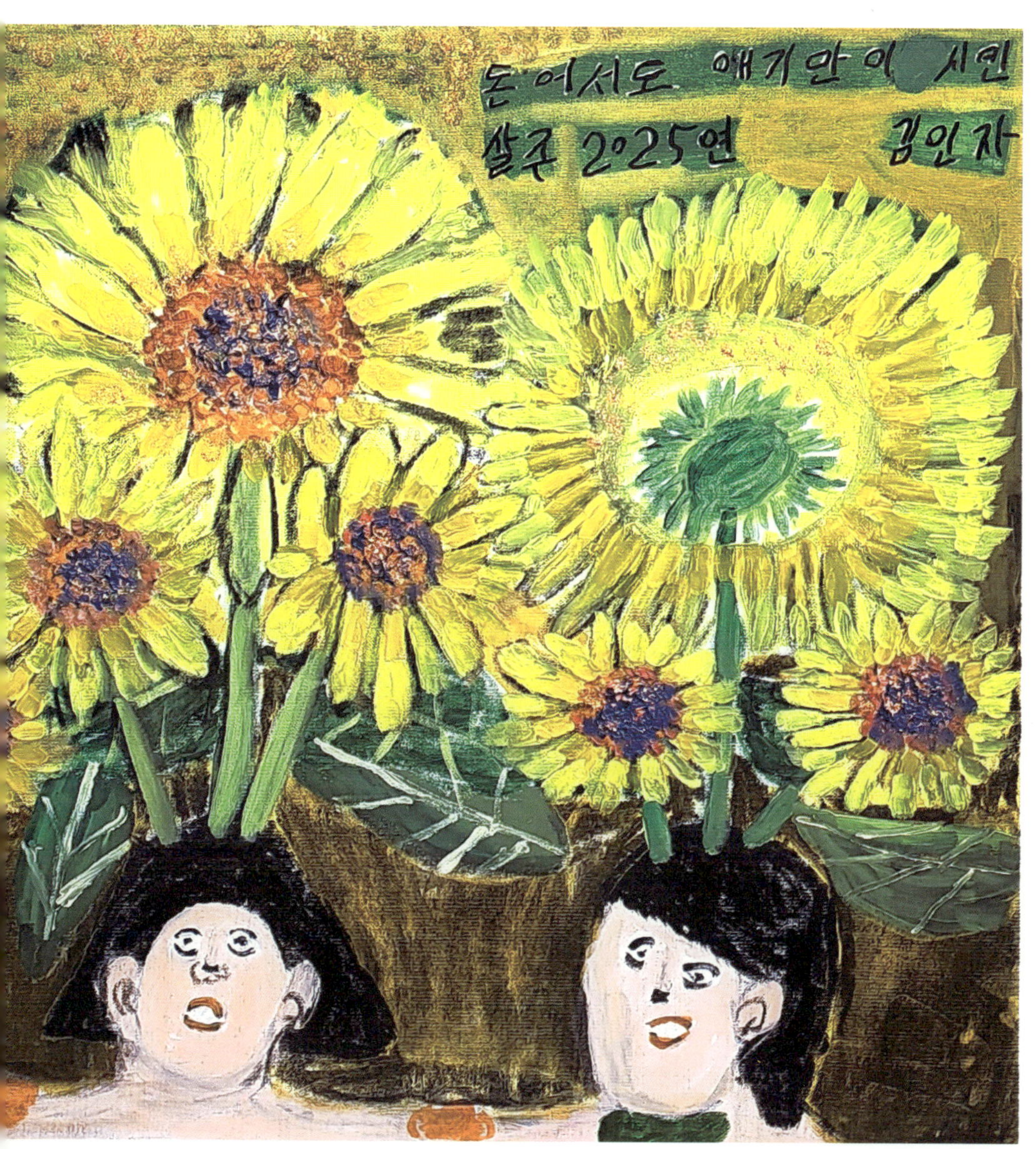

고목낭할망 김인자, 캔버스에 아크릴, 2025

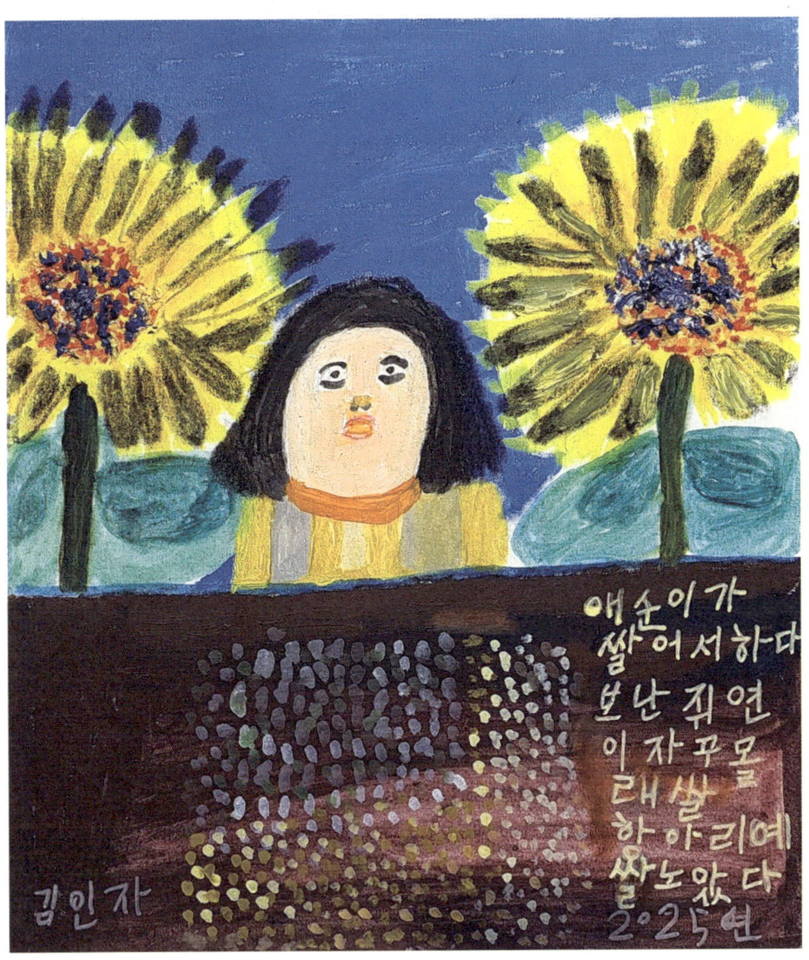

고목낭할망 김인자, 캔버스에 아크릴, 2025

쌀독 안에 쌀이 알알이 쏟아져 내립니다. 이 독특한 시점은 관객이 쌀 항아리를 투과해 안을 들여다보게 만들어줍니다. 소녀가 두 눈을 커다랗게 뜹니다. 텅 빈 쌀독에 쌀이 쏟아지고 있으니 놀랄 수밖에요.

양옆의 해바라기는 꼭 사람 형상처럼 피어나 있습니다. 고목낭할망이 해바라기를 통해서 쌀을 부어주는 듯하네요. 결핍의 순간에 축복을 내려줍니다. 여기서 쌀은 단순한 곡식이 아니라 이웃들의 손길을 통해 전해진 간절한 기도에 대한 응답일 것입니다.

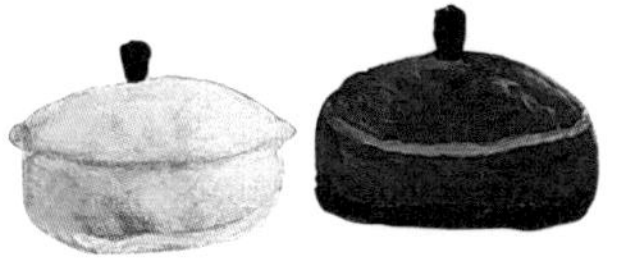

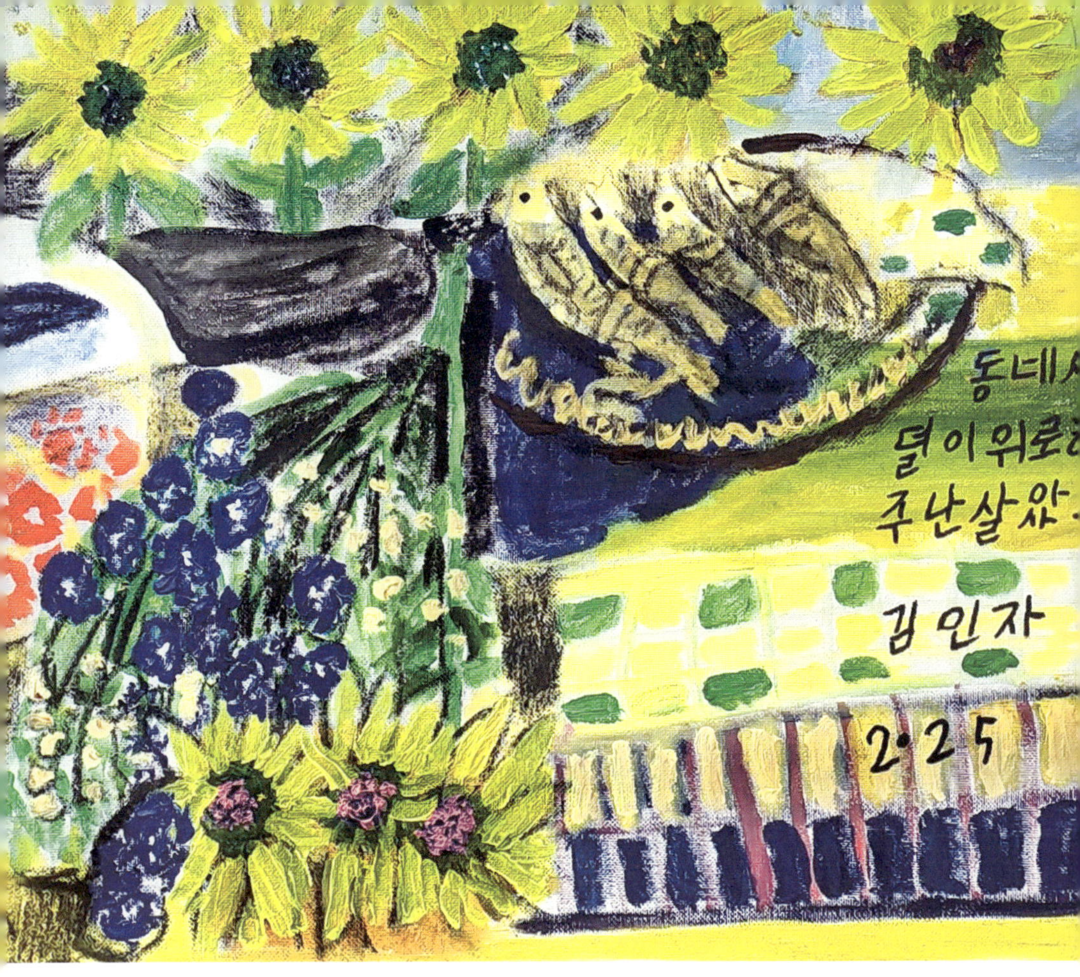

고목낭할망 김인자, 캔버스에 아크릴, 2025

고목낭할망이 죽음이라는 벼랑 앞에 선 삶이 다시 시작되는 순간을 기록합니다.

그림 중심에는 황금빛 조기 두름이 담긴 바구니가 놓여 있습니다. 이 조기는 단순한 식재료가 아니라 동네 사람들이 건넨 구호의 신호, 공동체 위로의 상징입니다. 그 옆에 놓인 파랑과 노랑이 섞인 꽃다발은 슬픔을 애도하는 동시에 다시 살라는 응원을 전합니다. 이웃들의 손길이 거쳐간 부엌에 다시금 생명의 기운이 살아납니다. 고목낭할망은 사람을 살아 있게 하는 것은 결국 사람이라고, 그림을 통해 기억합니다.

"동네 사람들이 위로해주난 살았주게."

배경에는 고목낭할망의 상징인 해바라기가 활짝 피어 있습니다. 해바라기가 고통 너머를 응시하고 죽음을 껴안습니다.

'신'이 오길 기다리던 신나는할망은 묻습니다.

책을 읽으면, 시를 읽으면…… 신이 올까?

신나는할망은 종이책에 마음이 붙들린 사람에게서 신을 감지합니다. '그게 그렇게 재미있을까?' 종이책에 푹 빠진 이에게 신이 오는 순간을 상상하여 다채로운 색으로 화폭에 옮겨냈습니다. 몰입의 기쁨을 포착한 신나는할망만의 경쾌한 상상입니다.

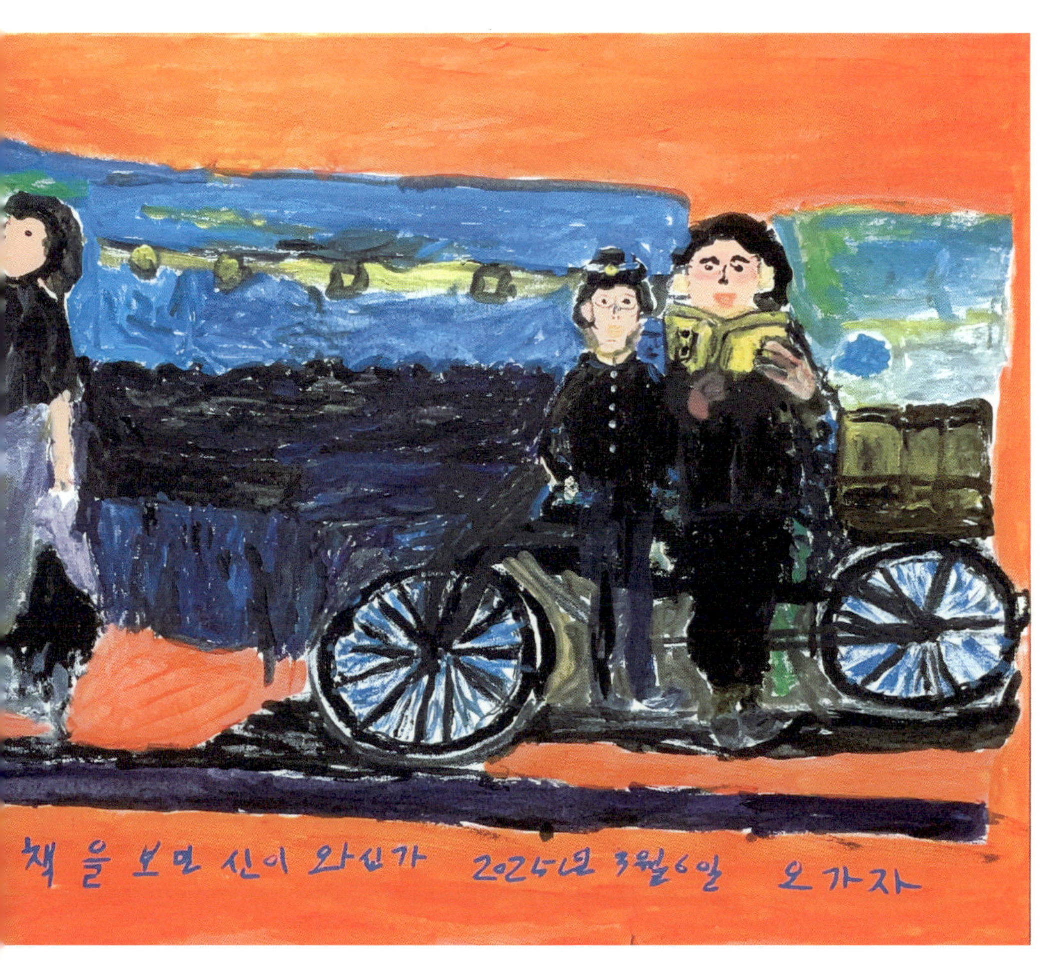

신나는할망 오가자, 캔버스에 아크릴, 2025

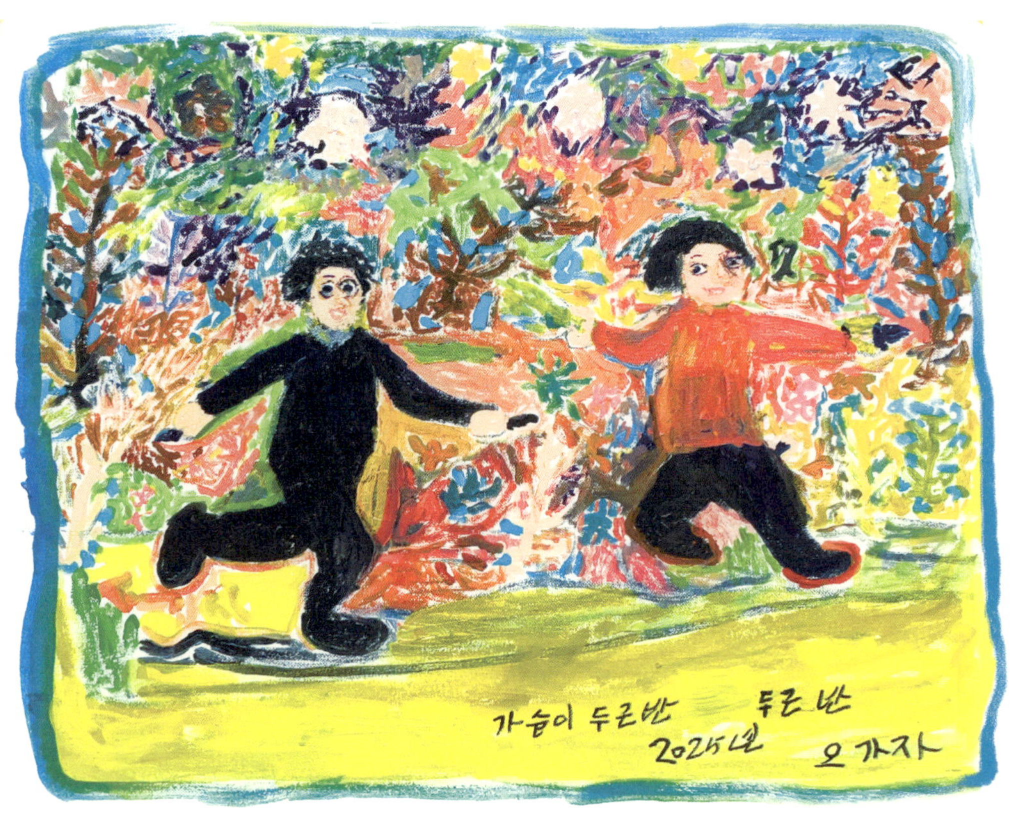

신나는할망 오가자, 캔버스에 아크릴, 2025

기쁨이 솟을 때 세상이 출렁입니다. 두 사람의 움직임을 따라 노란빛, 파란빛, 연분홍빛이 출렁이며 함께 춤춥니다. 할망은 말합니다.

"기분이 좋으면 신이 온다."

몸은 앞을 향하고 있지만 눈은 뒤를 향하고 있는 모습에서 솔직한 심정이 엿보입니다. 신나는할망은 마음의 간격이 서서히 좁혀지며 "가슴이 두근반두근반" 쿵쾅거리는 순간을 화려하게 피어나는 꽃들로 표현했습니다.

여학생 하나가 칼라가 흰 교복을 입고 달리고 있습니다. 두 주먹을 꽉 쥔 여학생은 숨이 찬 얼굴입니다. 헐떡헐떡 달리고 달리니 흰 칼라도 얼굴처럼 분홍빛이 되었습니다. 그 뒤에서 함께 달리는 사슴의 입도 벌어져 있습니다. 화창한 봄날에 어딜 그렇게 바삐 가는 걸까요? 물을 먹으러 간다나요. 숨차고 설레는 봄이 그림 전체를 달굽니다. 신나는할망이 말합니다.

"어디로 뛰나 내가 알아? 모르지. 가슴이 탈랑 탈랑 뛴다."

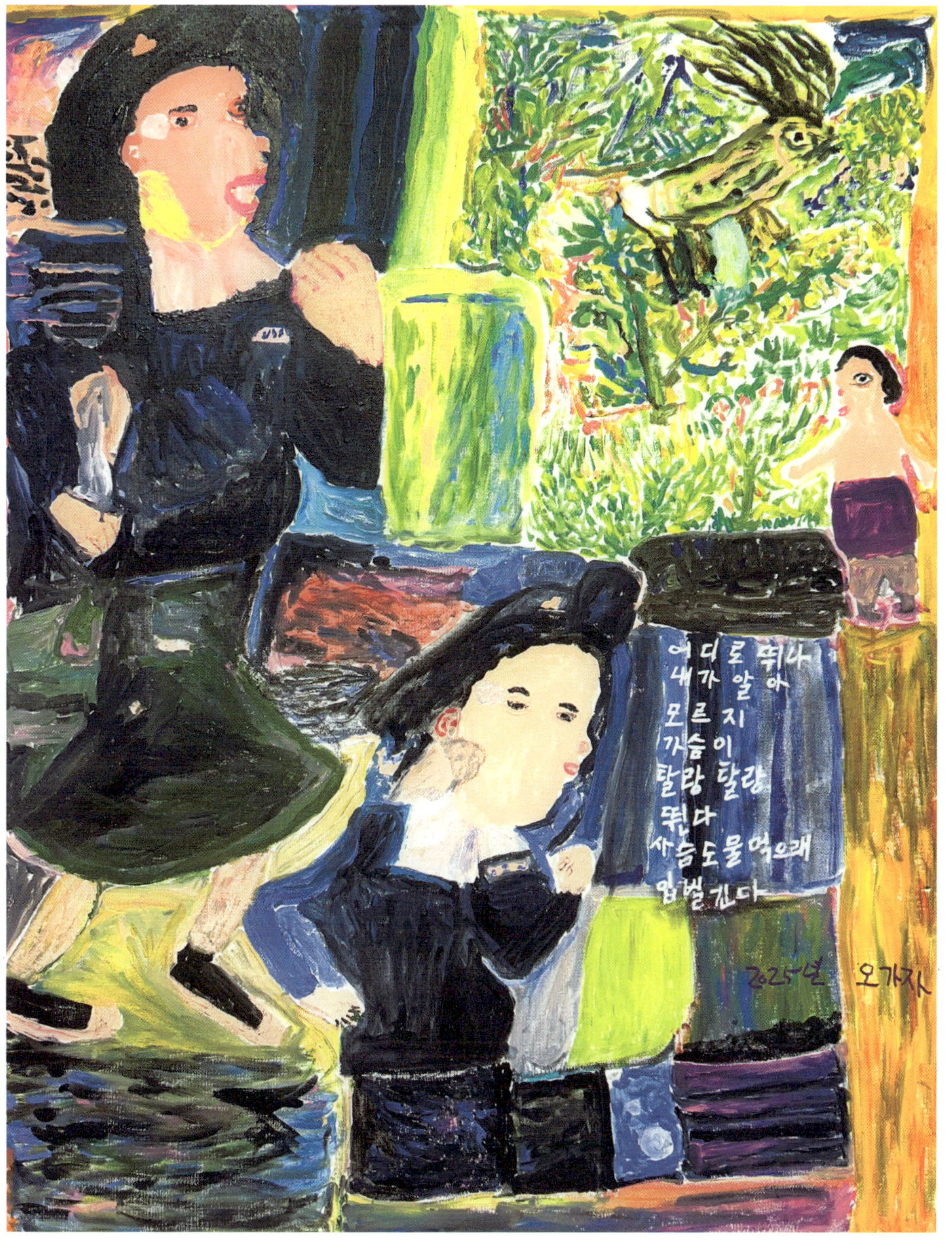

신나는할망 오가자, 캔버스에 아크릴, 2025

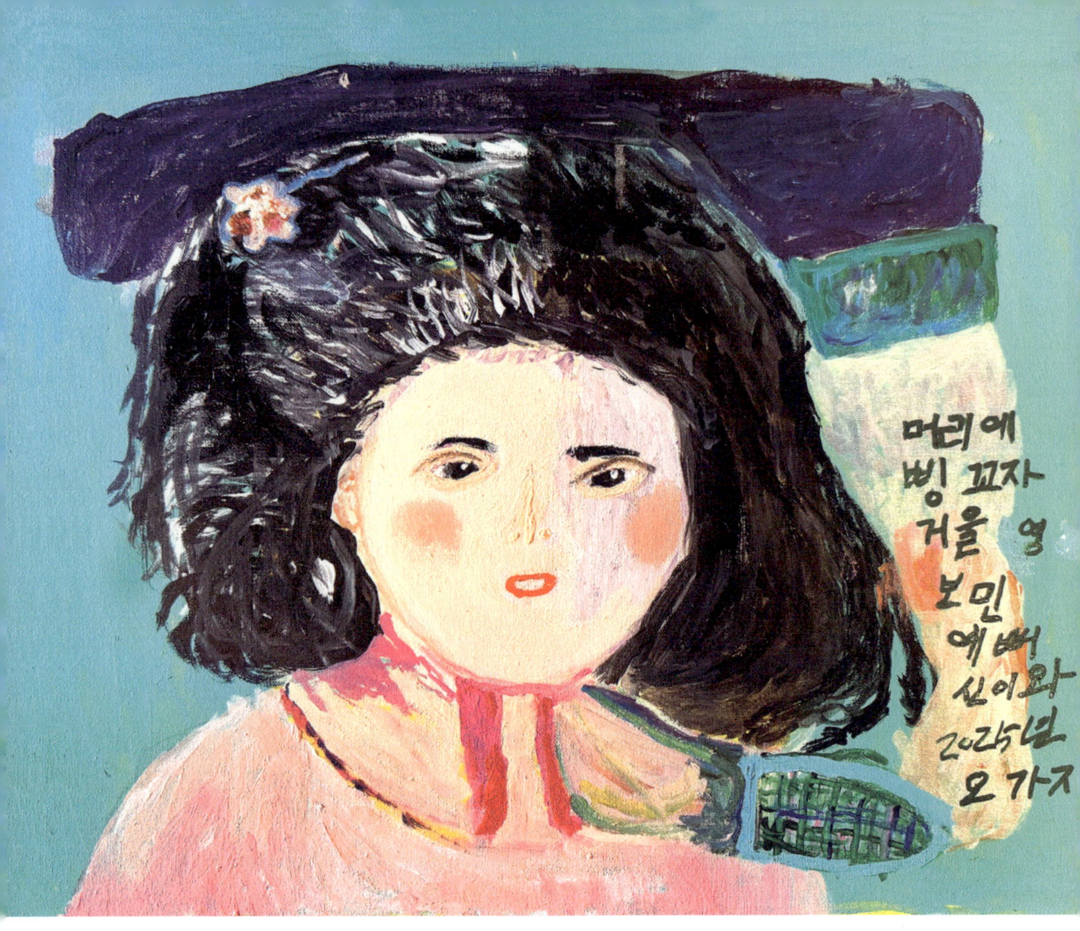

신나는할망 오가자, 캔버스에 아크릴, 2025

"거울 영 보민 예뻐. 신이 와."

'꽃뻥'을 머리에 꽂은 소녀는 봄처럼 분홍빛 얼굴을 하고 있습니다. 한껏 기쁘고 한껏 예쁜 얼굴입니다. 이 그림 속에는 젊은 날의 할망이 숨어 있습니다. 자신에게 "예쁘다"라고 말하기 위한 일종의 자화상이에요.

머리에 뻥 하나 꽂았을 뿐인데 환한 기운이 얼굴에 깃들고, 신이 들어옵니다. 삶에서 가장 밝고 사랑스럽게 기억되는 빛나는 자기 응시의 순간이 여기 있습니다.

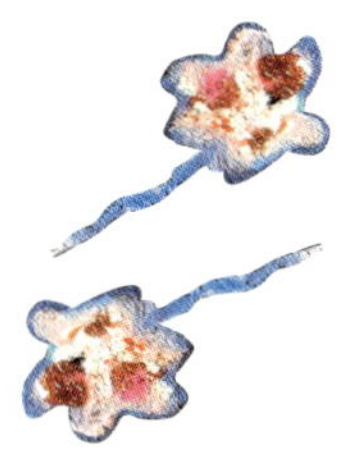

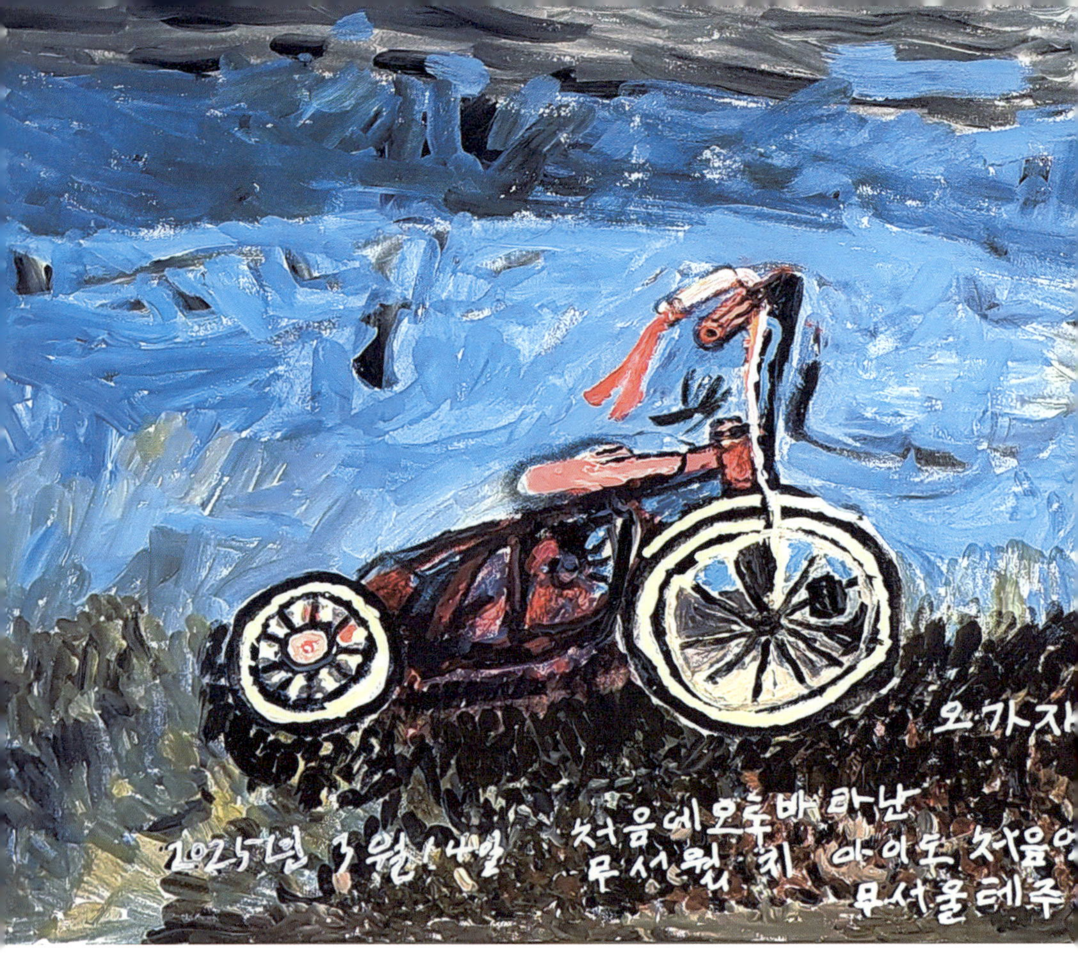

신나는할망 오가자, 캔버스에 아크릴, 2025

신나는할망은 재작년까지도 커다란 오토바이를 타고 밭을 누볐습니다. 밀짚모자를 쓰고 선흘의 흙길을 달리던 모습은 그 자체로 멋진 여성 농부의 초상이었습니다. 신나는할망의 멋진 오토바이가 아이에게 선물할 작은 세발자전거로 되살아납니다.

"처음에 오토바이 무서웠지. 아이도 처음엔 무서울 테주."

할망은 아이를 위해 정성껏 자전거를 그립니다. 바큇살 간격을 맞추고, 분홍색 안장을 칠하고, 손잡이에 반짝이는 술까지 달아줍니다. 덜거덕거리는 흙바닥에서도 아이의 웃음이 튀어 오르길 바라며. 〈세발자전거〉는 누군가의 첫 출발을 응원하는 따뜻한 선물 같은 그림입니다.

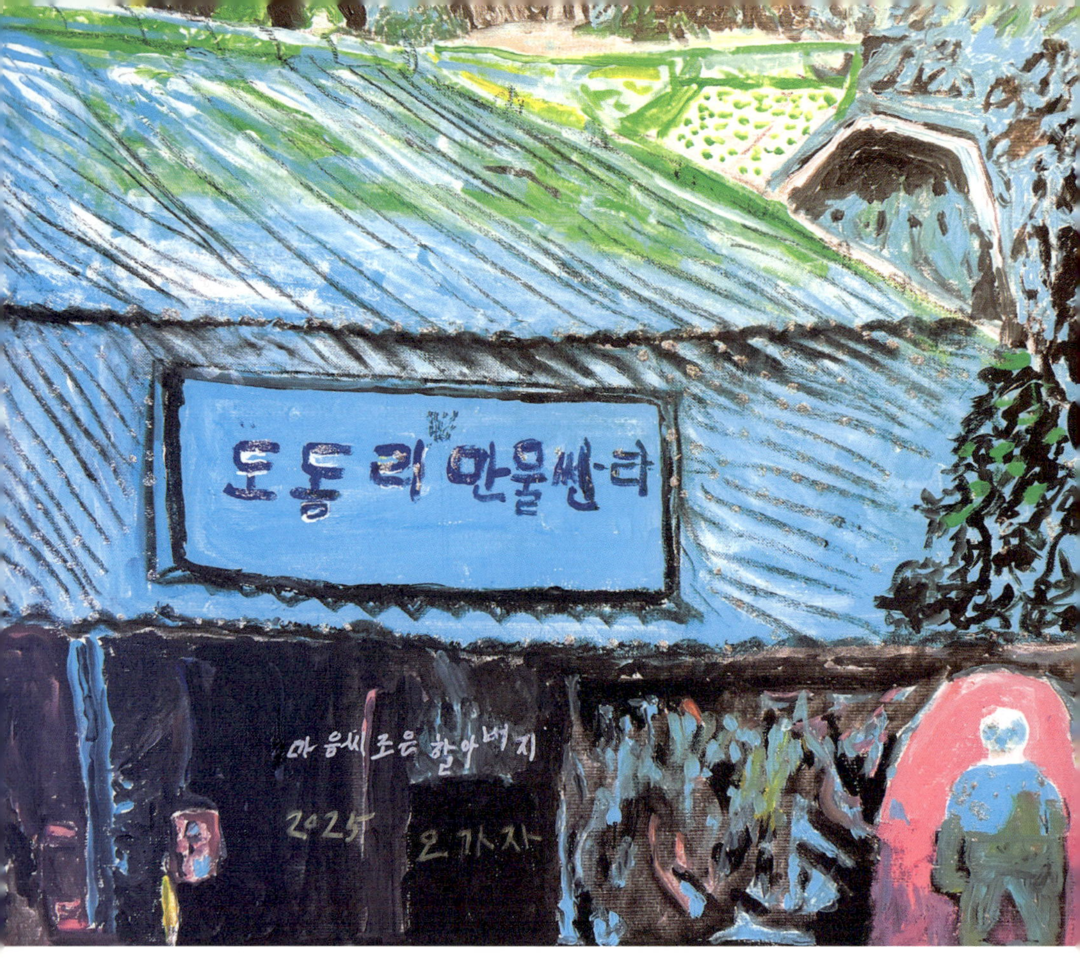

신나는할망 오가자, 캔버스에 아크릴, 2025

신나는할망은 말합니다.

"요즘은 마트에 다 가지만 옛날에는 동네마다 가게가 있어 좋았지. 그런 게 있어야 사람이 살어."

말끝에는 제주 4·3 때 배급으로 쌀을 타다 먹은 이야기도 덧붙였습니다.

분홍 문 안으로 들어가는 마음씨 좋은 할아버지와 굴곡진 양철지붕 위에 비치는 빛이 만물센터에 다정함과 신비로움을 드리웁니다. 만물센터는 살아가는 데 꼭 필요한 물건과 마음을 조용히 건네는 곳입니다. 추억과 함께 잊히지 말아야 할 공동체 의식이 담긴 그림입니다.

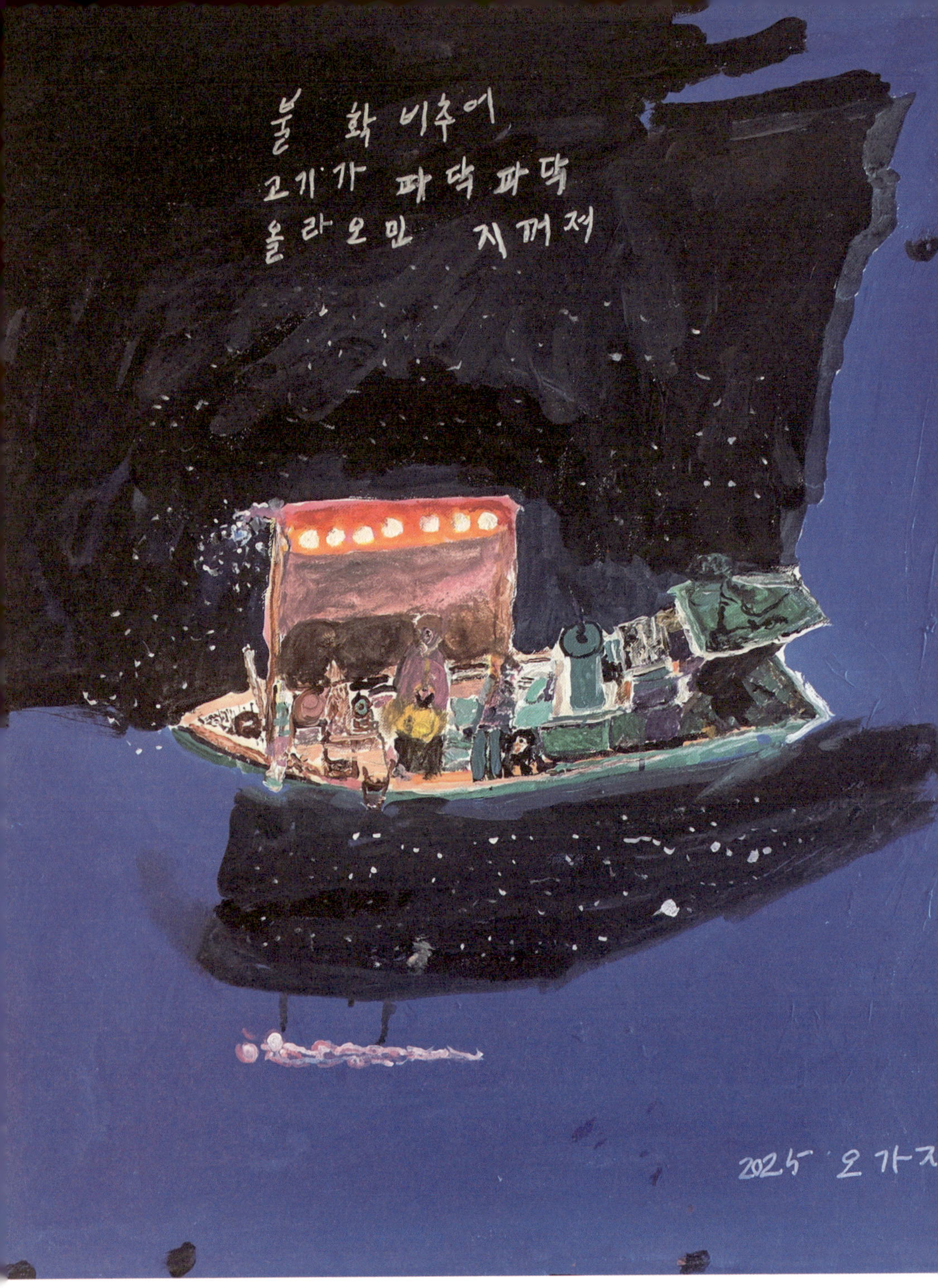

신나는할망 오가자, 캔버스에 아크릴, 2025

신나는할망이 깊고 푸른 바다 위에 떠 있는 오징어잡이 배를 그렸습니다. 밤입니다. 오징어잡이 배 앞에 불이 확 비치자, 그 불빛이 바다 위에 어른어른 그림자를 남깁니다. 배 위에 등이 하나, 둘, 셋…… 일곱. 일곱 개의 불빛이 바다를 밝히고 있습니다.

이 오징어잡이 배는 가족을 먹여 살리는 생계 수단이자, 뱃사람을 반드시 가족의 품으로 되돌려 보내는 회항선입니다. 지금은 가족과 떨어져 있지만 결코 완전히 떨어지지는 않습니다. 이 배는 푸른 바다 위를 유영하는 작지만 안전한 우주선입니다.

깊은 바다에 반짝이는 불빛을 확 비추어 가족을 배불릴 오징어를 부릅니다. 불빛을 따라 오징어들이 파닥파닥 올라옵니다. 반짝반짝, 파닥파닥, 반짝반짝, 파닥파닥. 만선에 지꺼지는(기쁜) 마음도 이 고요한 바다에서 반짝이고 파닥입니다.

이 땅에 뿌리내린 사람들의 이야기가 그림으로 이어졌습니다. 누군가는 그것을 기적이라 불렀고, 누군가는 하루의 시작이라 불렀습니다. 그림선생과 그림할망들이 손끝으로 그린 선흘마을의 이야기, 그 붓끝에 깃든 숨결이 멀리 바다를 넘어가고 있습니다. 이 작은 마을의 모든 풍경과 모든 사람들이 이 책의 바탕이 되었습니다.

마을분들과 십시일반으로 그림작업장을 마련해준 선흘1리 부상철 이장님, 고택상 이사장님, 그리고 할망들을 지지해주는 노인회장님 부부, 박선옥 부녀회장님, 청년 부회장님, 창고를 무상으로 빌려준 주희 삼춘, 제게 선흘살이를 제안한 볍씨학교 이영이 교장 선생님에게 깊이 감사드립니다.

틈틈이 그림작업장을 오가며 조력해준 큰선생 조한, 전시선생 만월, 이뿐선생 썬, 소셜뮤지엄 이사님들, 마을 청년 지현과 쏜, 캔디, 작업장을 설계하고 만들어준 국 목수와 김기대 작가님. 동네 목수 재키, 기록 작업에 참여해준 시소 부부와 재혁. 80세에 그림조수가 된 혜명도 웹페이지를 구축해준 케빈, 그리고 그림할망의 콜렉터분들과 매주 제주 사방에서 모여들어 할망들과 그림을 함께 그린 선녀들, 선흘리 삼춘들, 화톳불 선생님들 모두 진심으로 고맙습니다.

드라마 〈폭싹 속았수다〉를 보고 서울 전시를 제안해준 포스트커뮤니케이션즈와 넷플릭스 관계자분들, 그림할망들 전시에 찾아와 한 분 한 분 큰 응원을 보내주신 아이유 님과 박보검 님에게도 감사 인사를 전합니다.

끝으로, 《할머니의 그림 수업》에 이어 출판을 독려해준 안희경 선생님, 출판을 제안해준 김영사 김성태 팀장님, 세심하게 편집해준 유승연 대리님, 디자인을 맡아준 디자이너 박주희 차장님에게도 진심으로 감사드립니다.

하루는 멀리 샌프란시스코에서 신혼여행 온 부부가 소막할망의 〈숨이 또각 또까〉를 구매했습니다. 기쁨에 찬 소막할망의 얼굴을 바라보며 오늘도 우리가 승리했다고 믿습니다. 그림에 담긴 기도가 태평양을 건너간다는 상상만으로도 할망의 허리는 하늘을 향해 열립니다.

"이녁 그림이 하늘을 날아 저기 감져."

생각해보면 모든 것이 기적입니다. 모두가 고령화 사회를 염려하지만 할망들과 어울려 사는 이곳의 상황은 조금 다릅니다. 저마다 작은 창고에 그림들을 걸어두었고, 그림을 나눌 우정의 공동체가 있습니다. 그 앞에 모여 오래 이야기할 수 있다는 것, 이 모든 것이 선물 같습니다.

할망들은 오늘도 붓을 듭니다. 기억할 수 없는 어제의 시간과 오늘의 소망을, 그리고 아직 오지 않은 세계를 한 겹 한 겹 칠합니다. 때로는 질투하고, 때로는 실패하지만 백지 앞에서 다시 마음을 정돈합니다.

그림이 한 사람의 마음을 길들이고, 반려그림으로 함께 살아가며 함께 나이 들어가는 존재가 되기를 소망합니다. 오래 두고 바라볼수록 새로운 해석이 더해지는 그림이 위대하다고 합니다. 이제 막 시작한 그림 해설이 독자들에게 힌트가 되어 더욱 풍부한 해설이 이어지기를 소망합니다.

모든 것이 기적 같은 이곳 선흘의 초여름
최소연

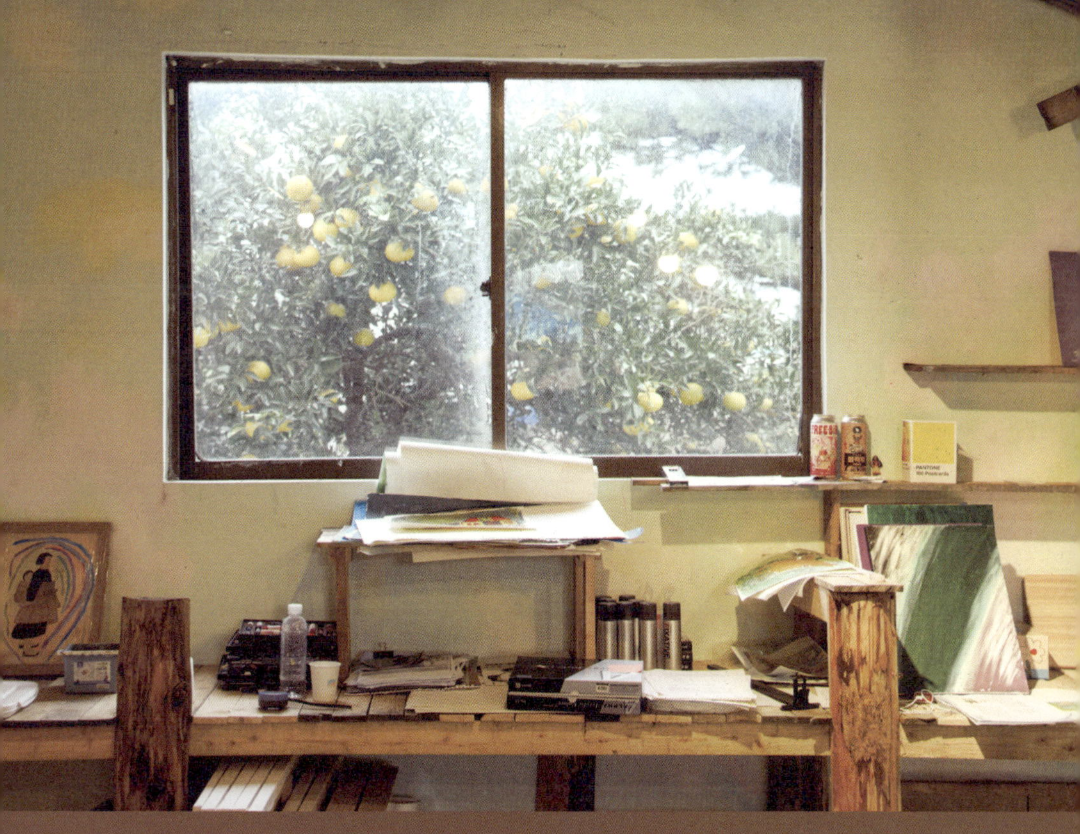

선흘 마음작업장

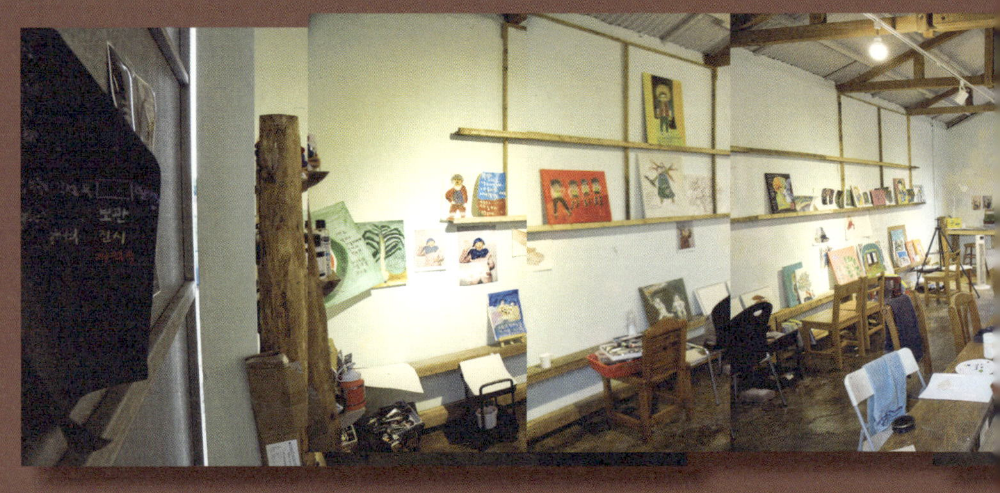

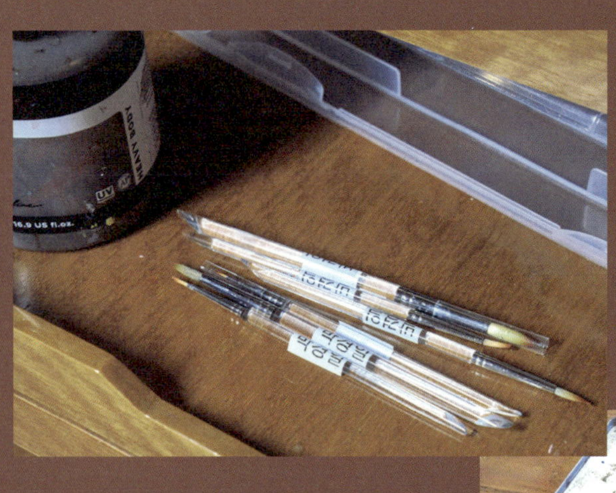

할머니들마다
각자의 도구가 있다.
붓 대신 목탄을 잡고
그려나갈 때도 있다.

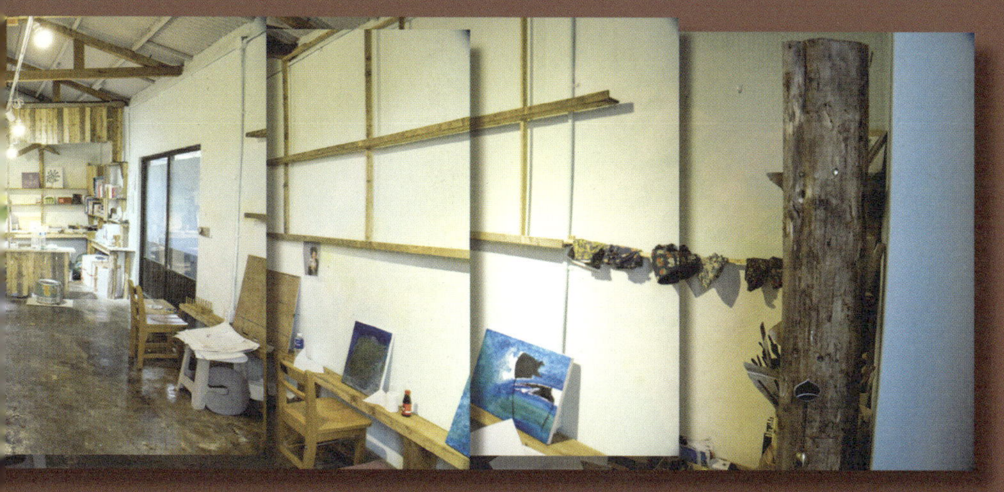

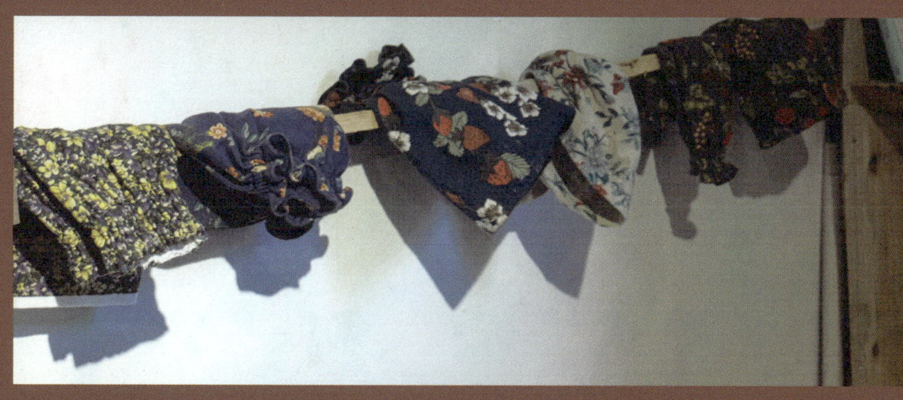

할머니들은
그림 그릴 때
꽃무늬 팔 토시를
착용한다.

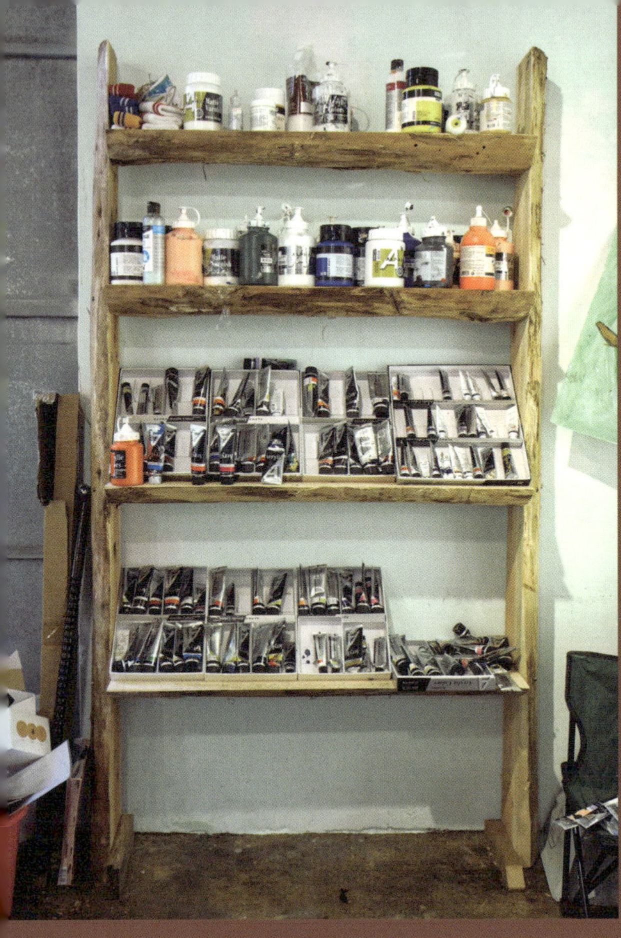

직접 제작한
선반에
물감을
비치해두었다.

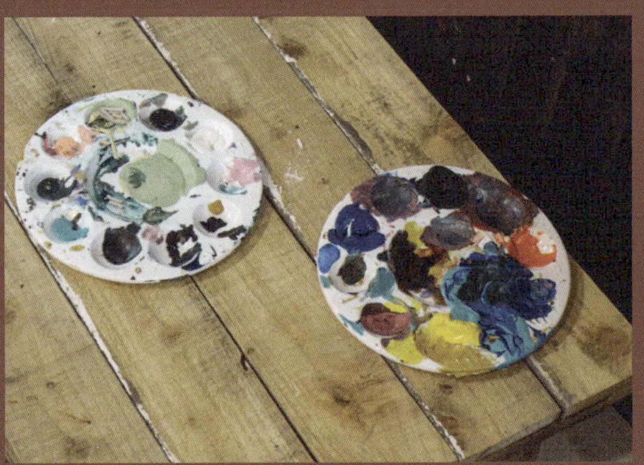

팔레트에 담긴
물감에서
할머니들의 개성이
드러난다.

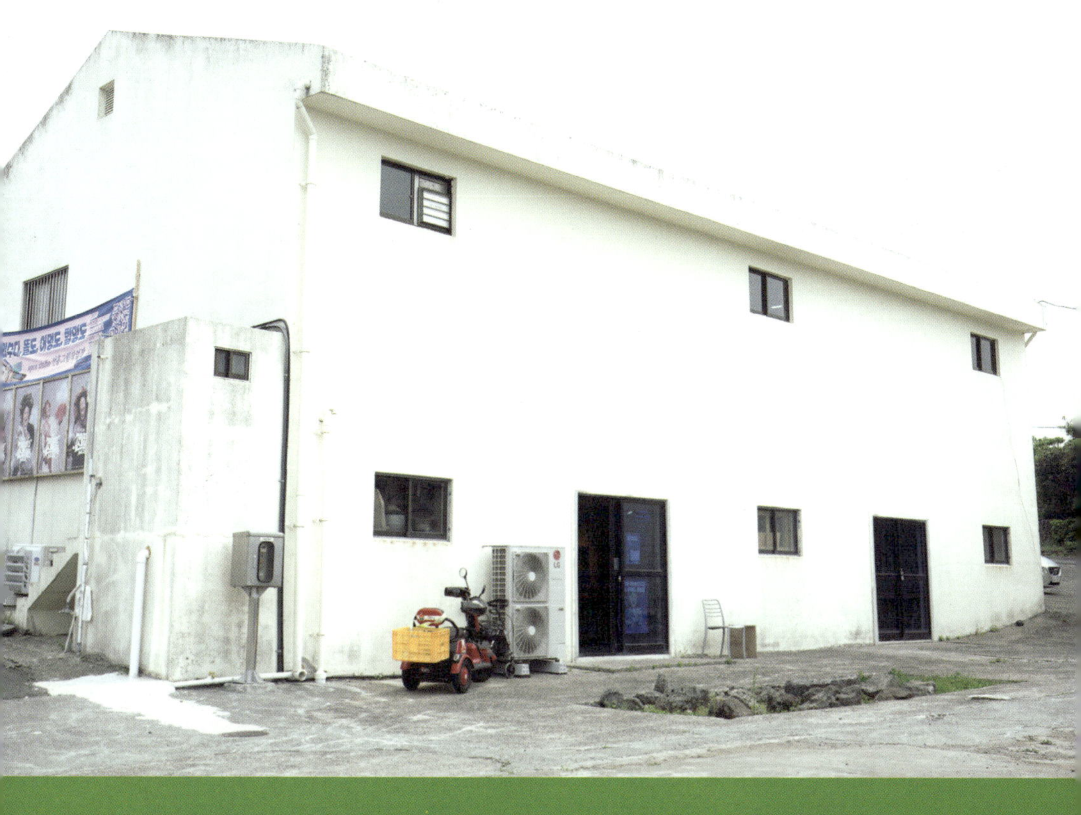

선흘 그림작업장

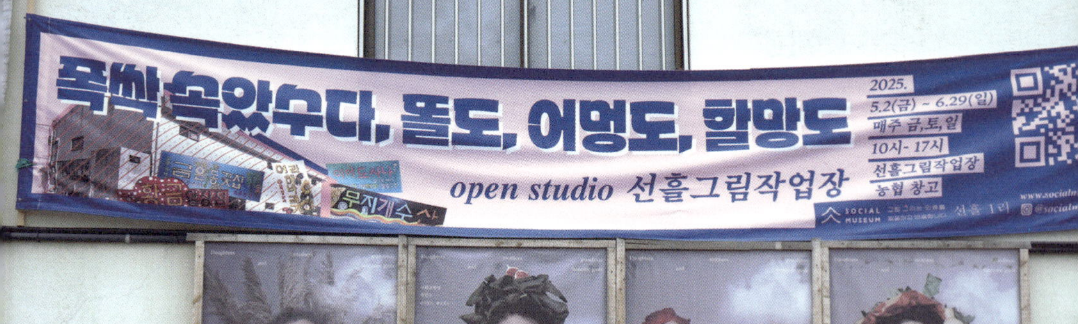

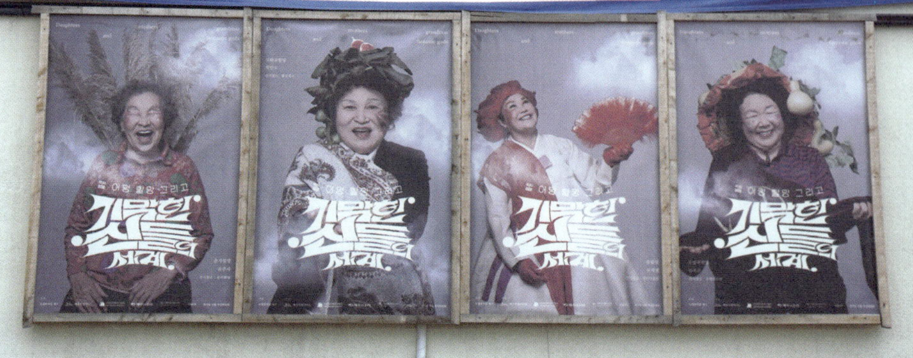

(폭싹 속았수다,
똘도, 어멍도, 할망도)
전시 포스터를
붙여두었다.

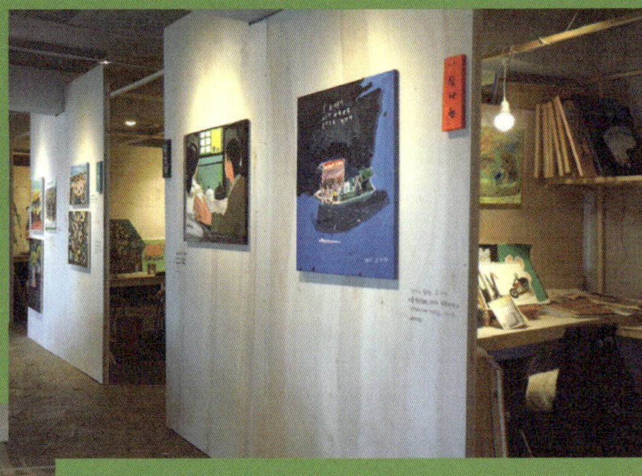

할망마다
작업 공간이
개별로 분리된
레지던시 형태다.

148

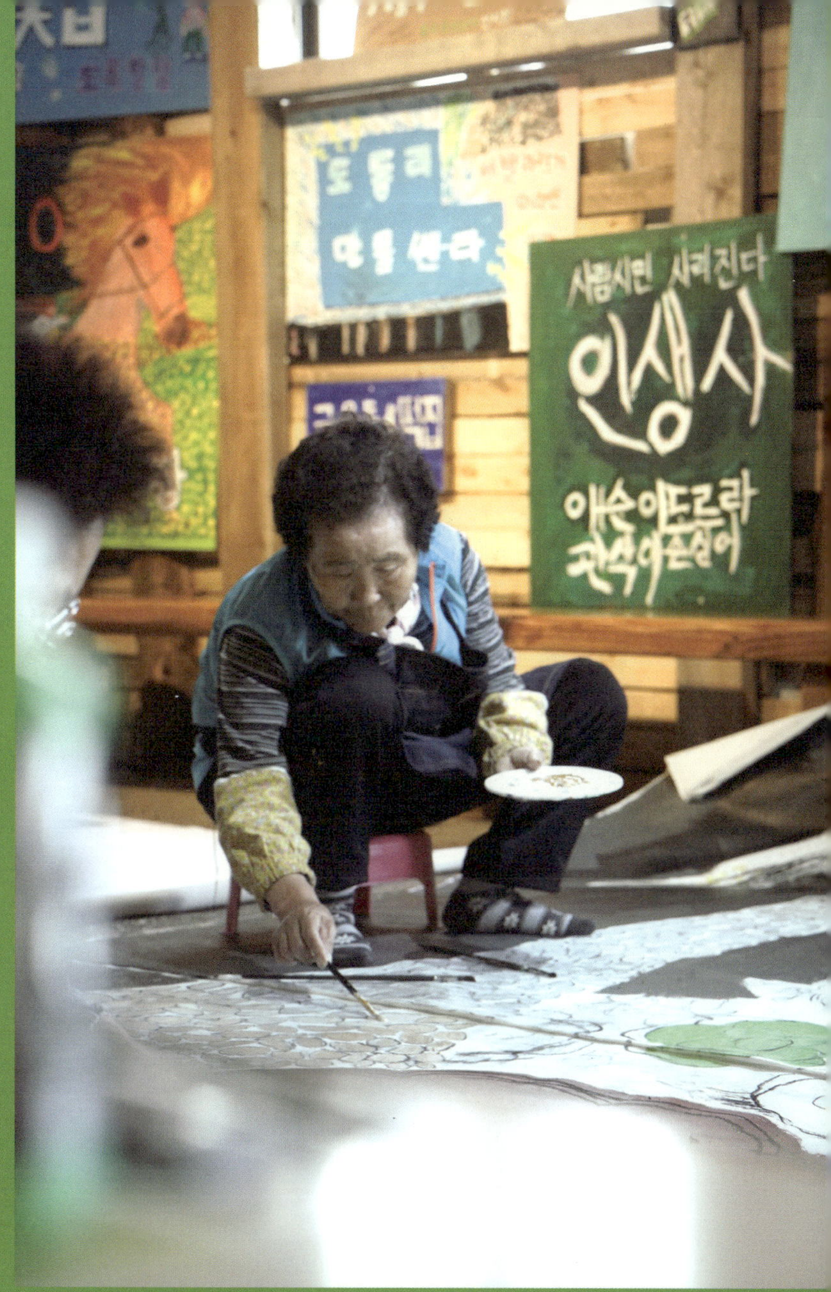

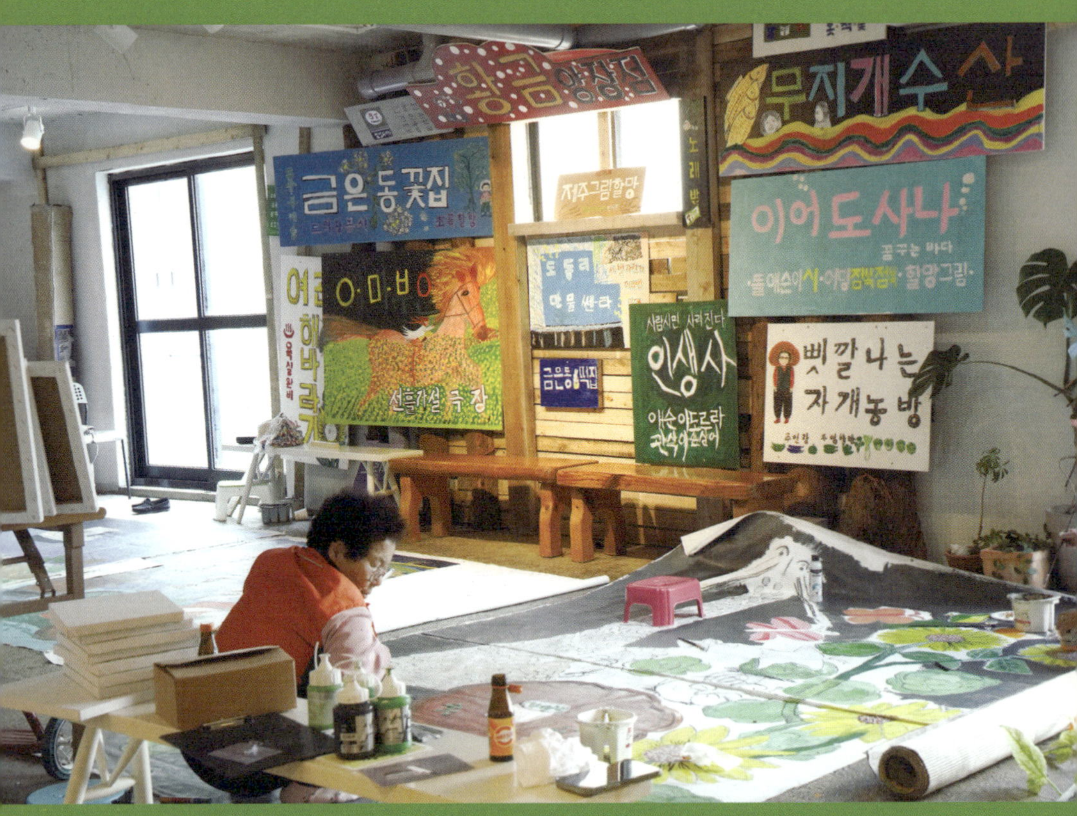

사이즈가 큰 그림은 홀에서 그린다.

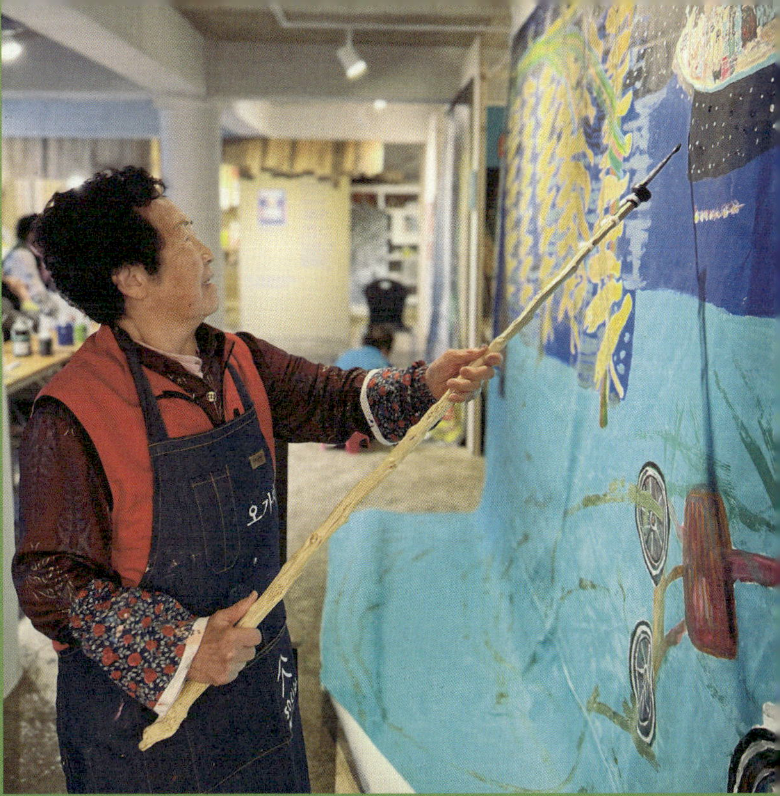

대작을 작업 중인 할망.

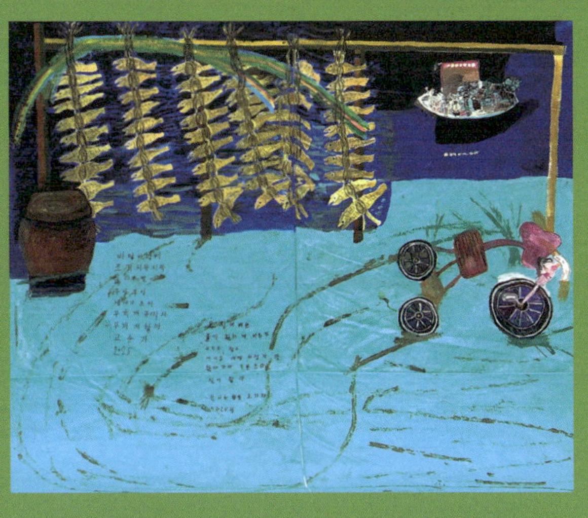

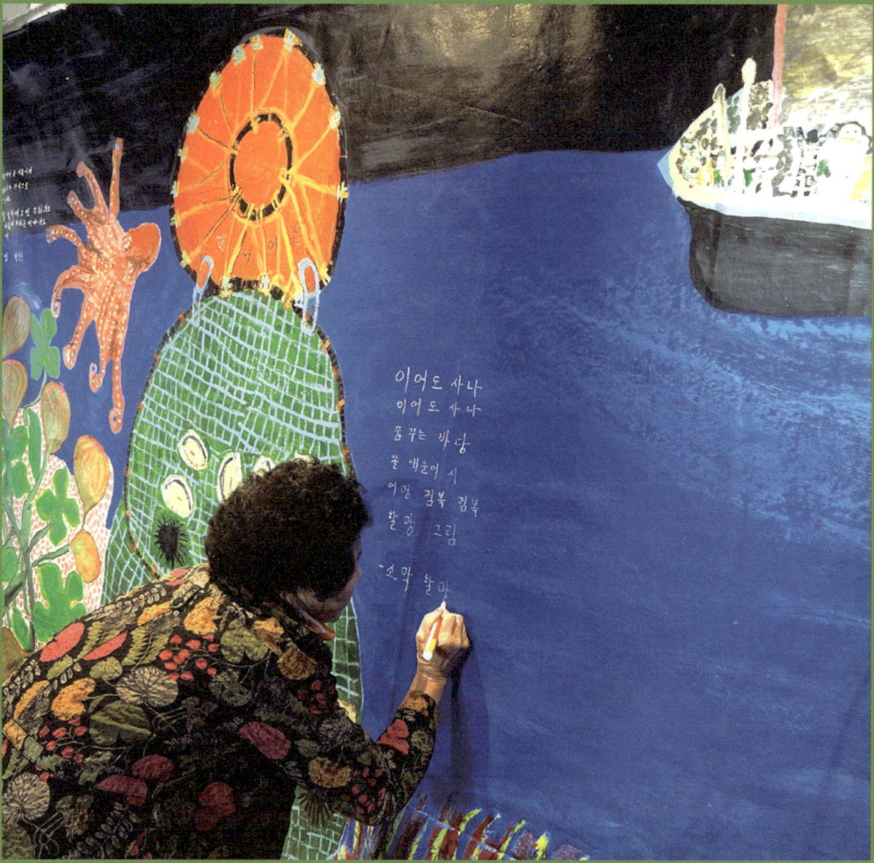

대작에 시를 쓰는 할망.

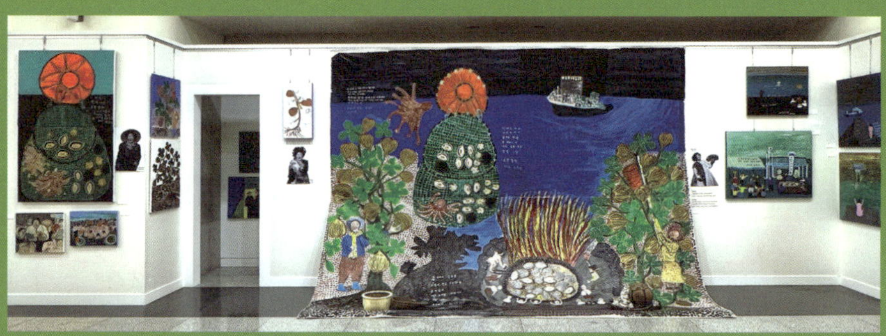

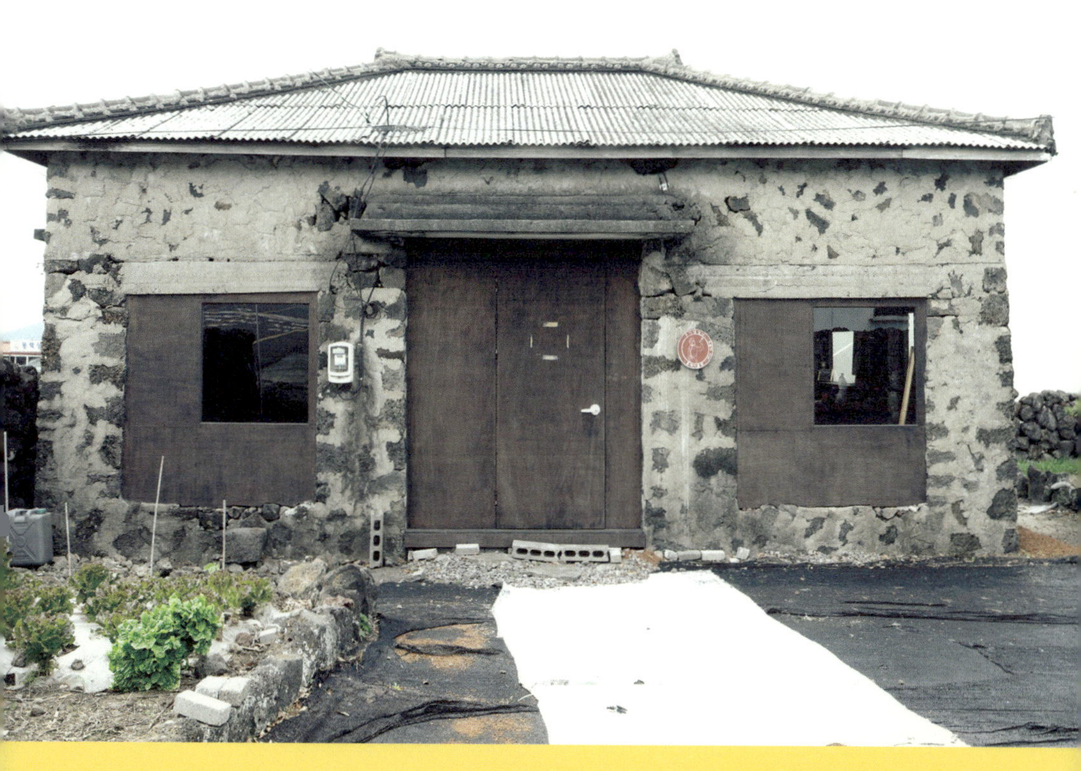

할머니 미술관

소막할망의 소막미술관
무지개할망의 올레미술관
초록할망의 초록미술관
우라차차할망의 마당미술관
무화과할망의 황금양장점
고목낭할망의 인자화실
신나는할망의 그림창고

소막할망의
소막미술관

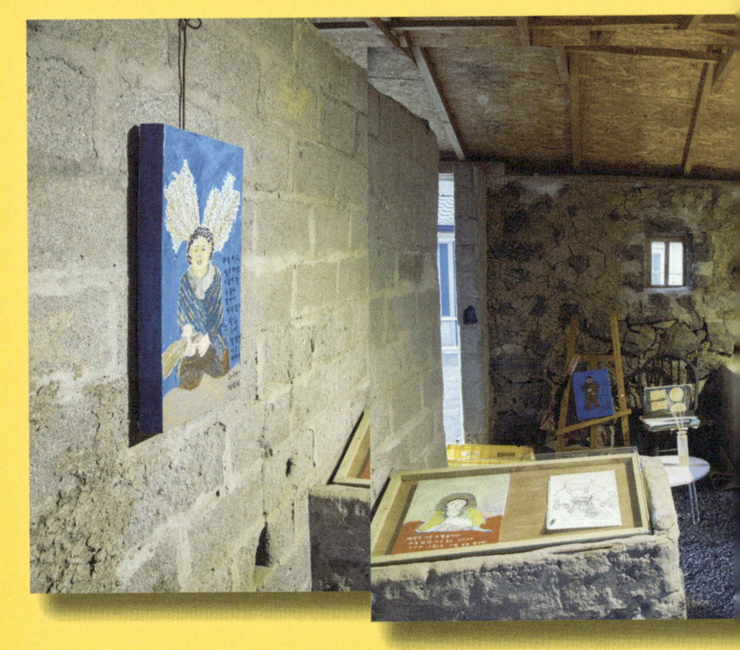

무지개할망의
올레미술관

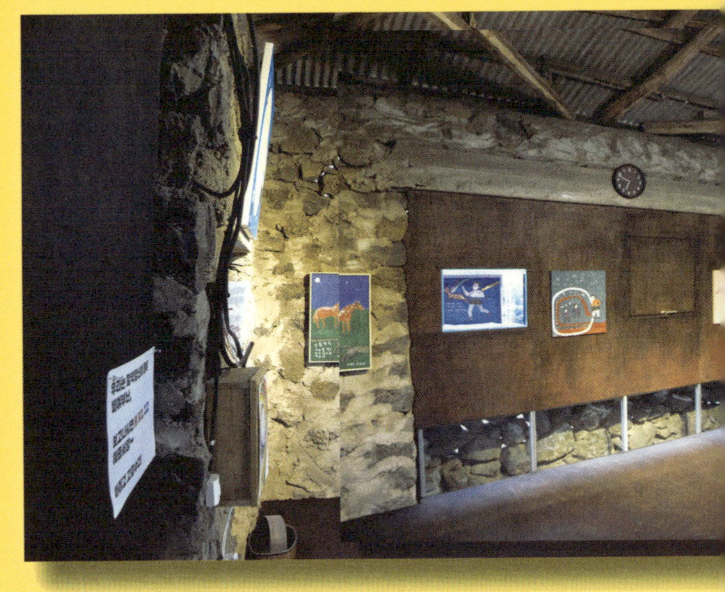

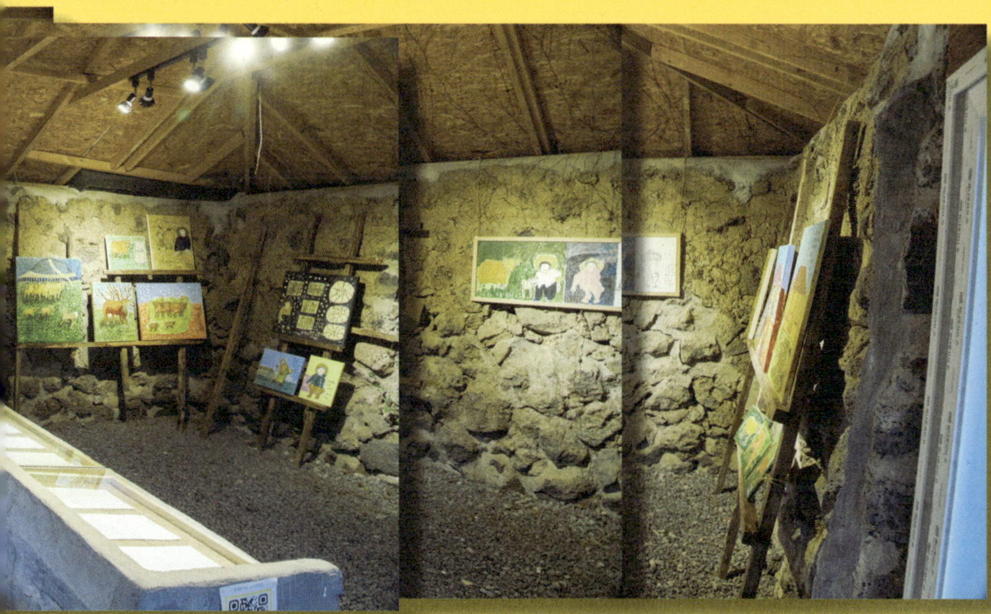

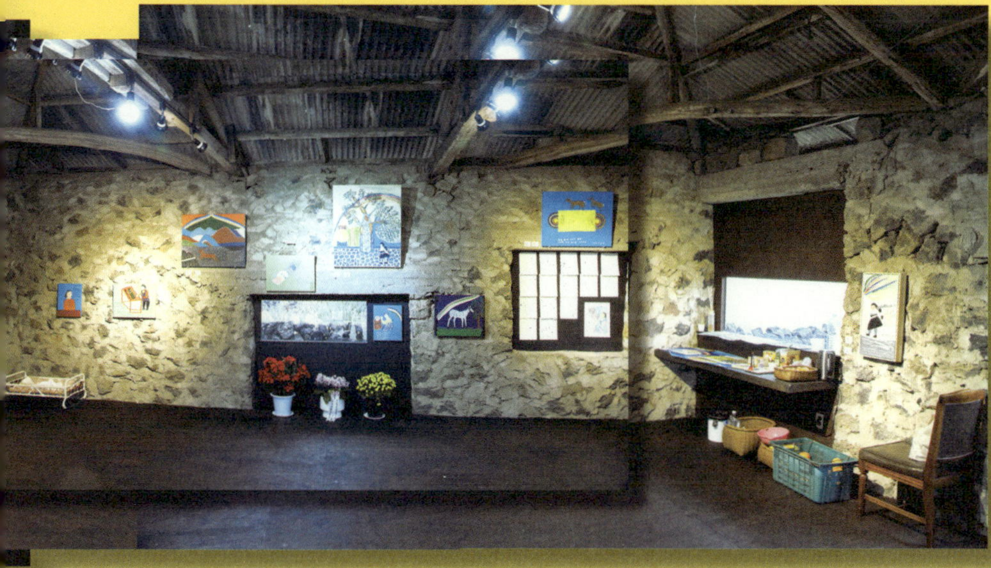

초록할망의
초록미술관

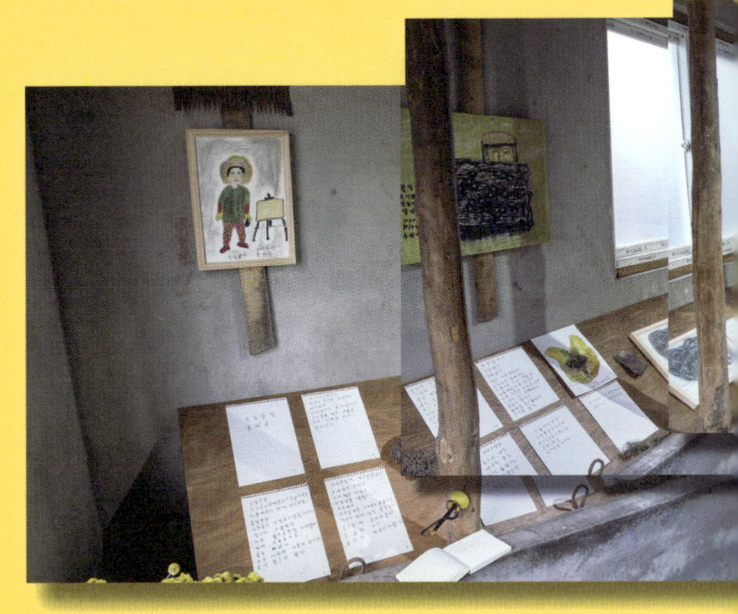

우라차차할망의
마당미술관

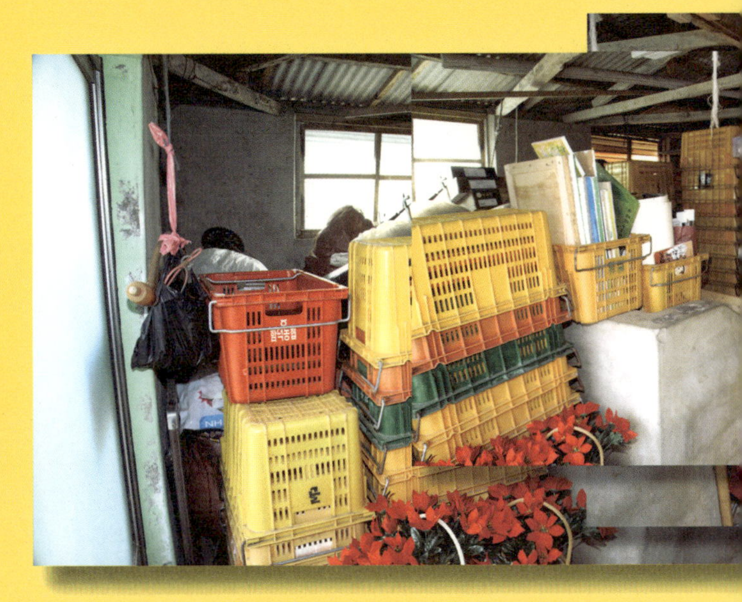

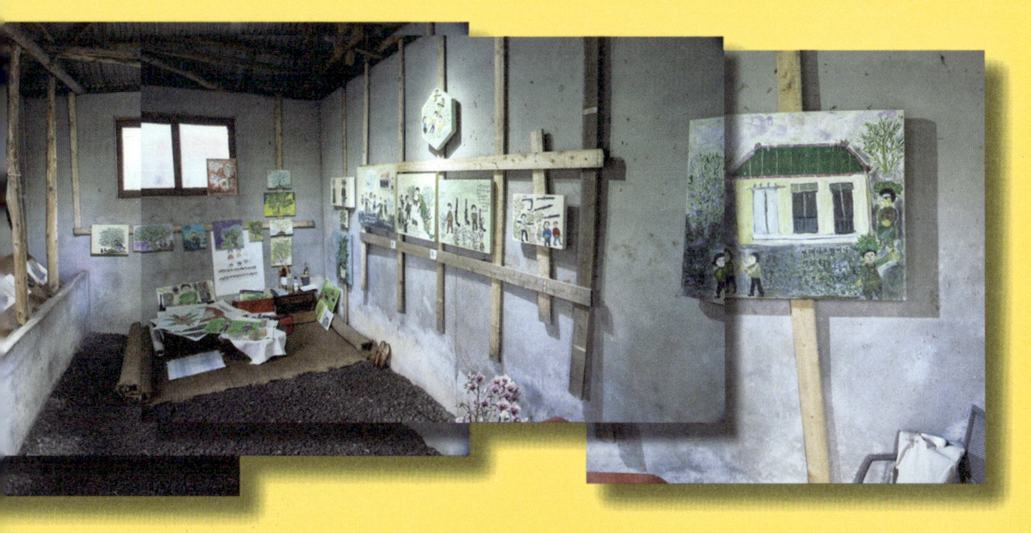

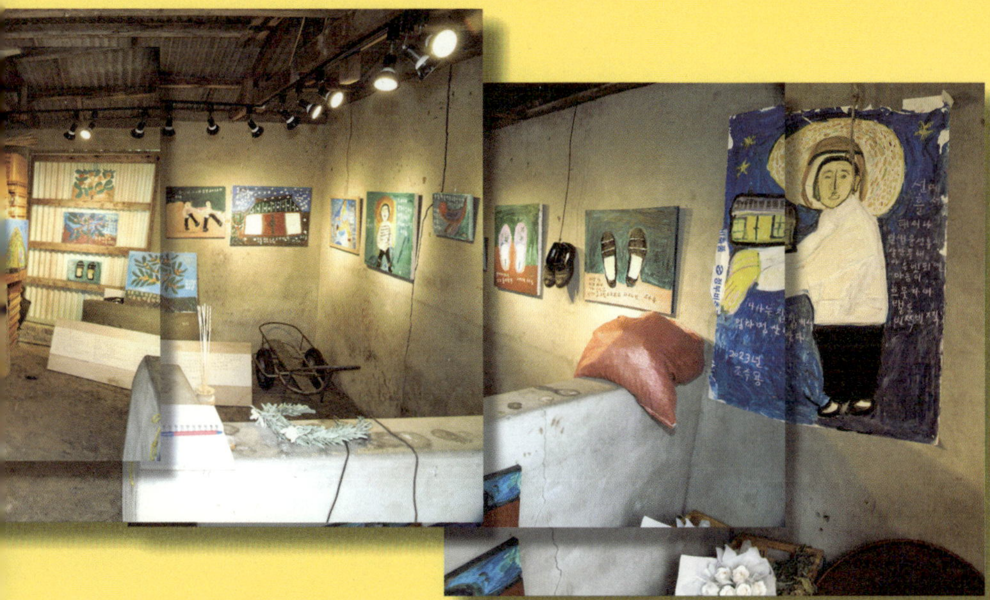

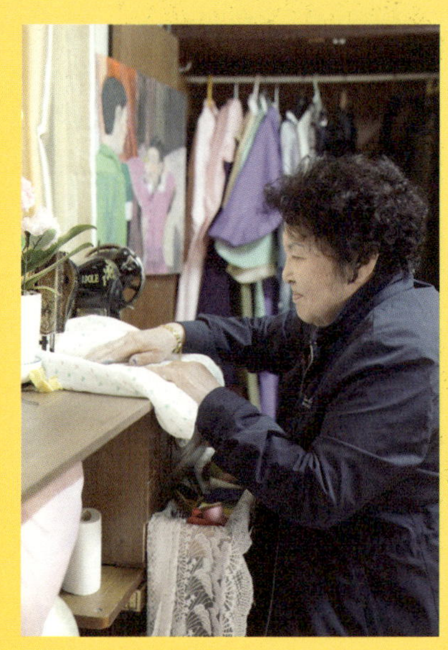

고목낭할망의
인자화실

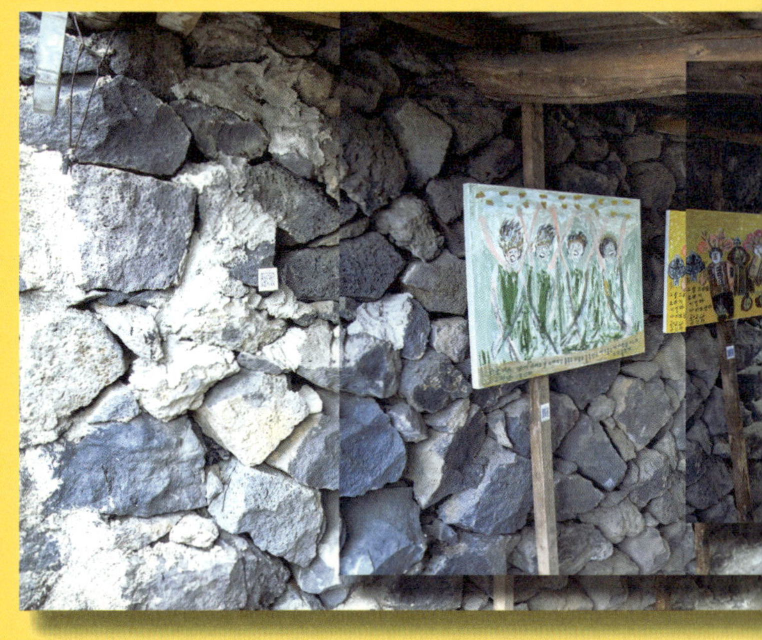

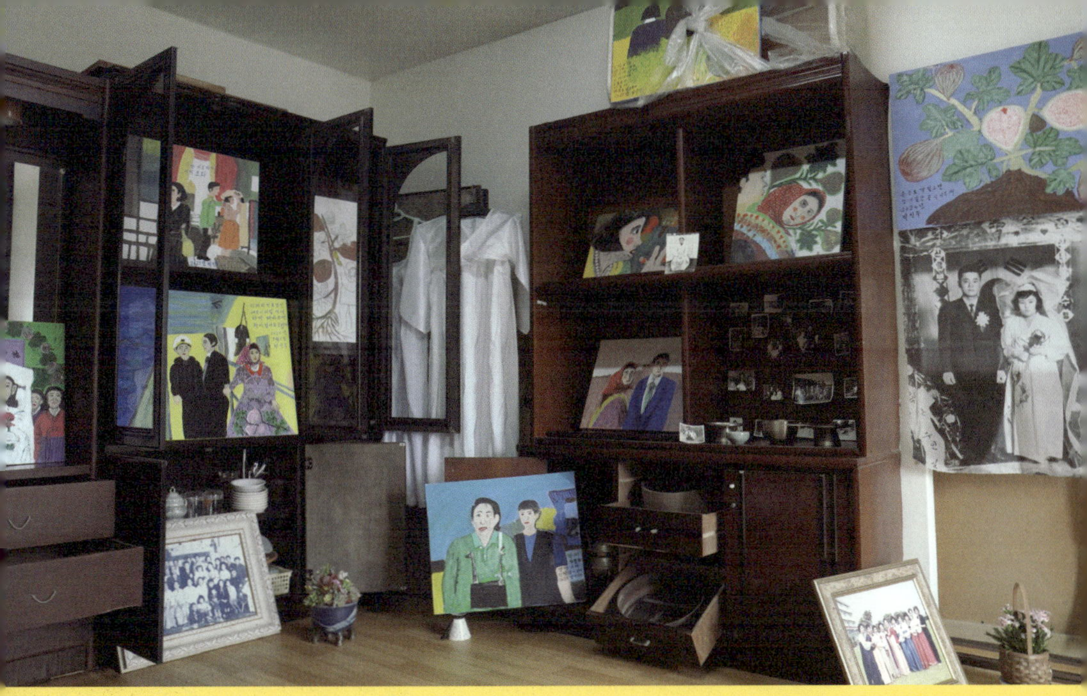

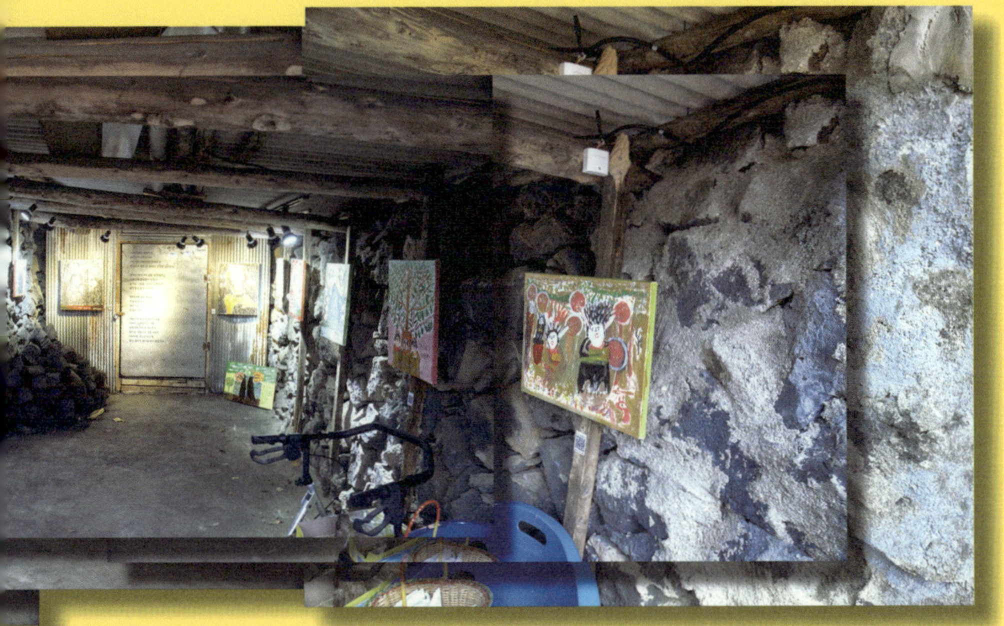

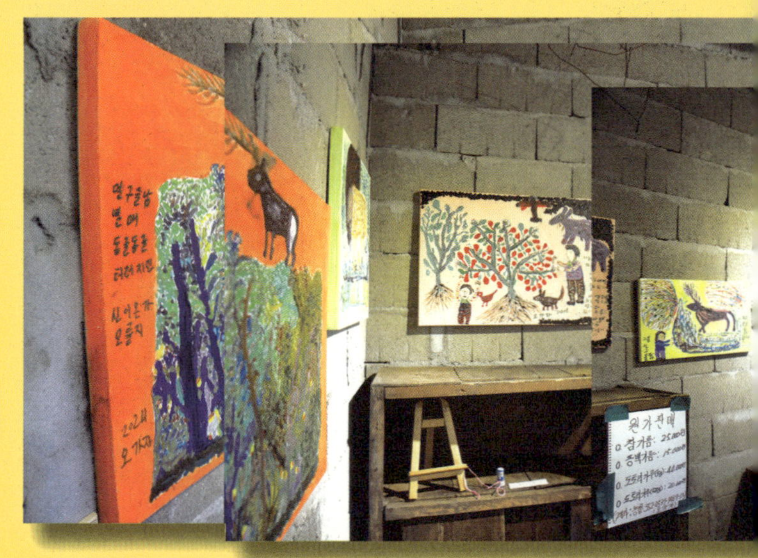

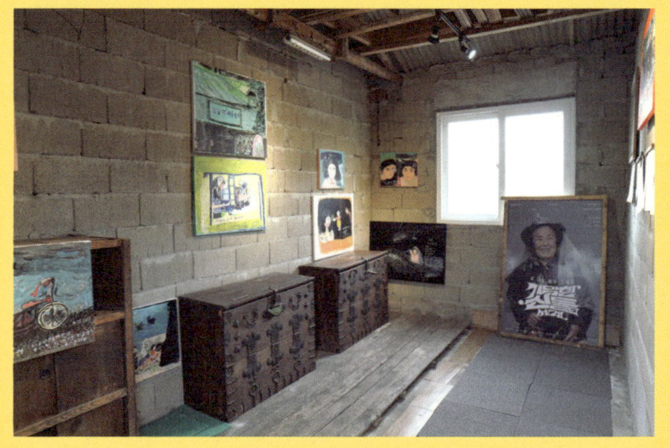

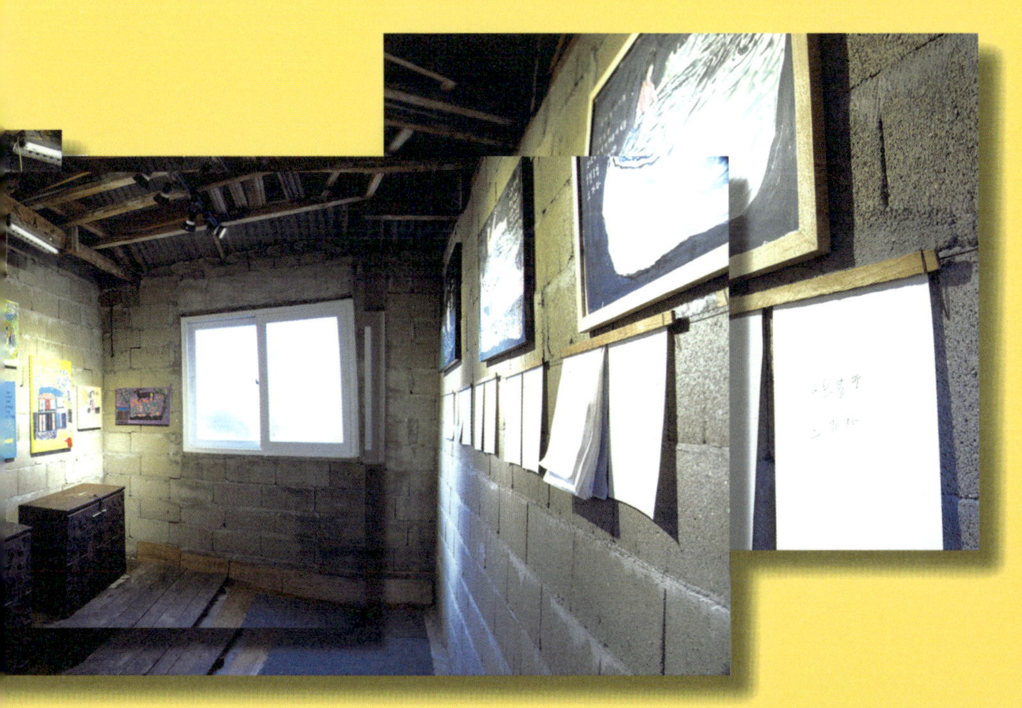

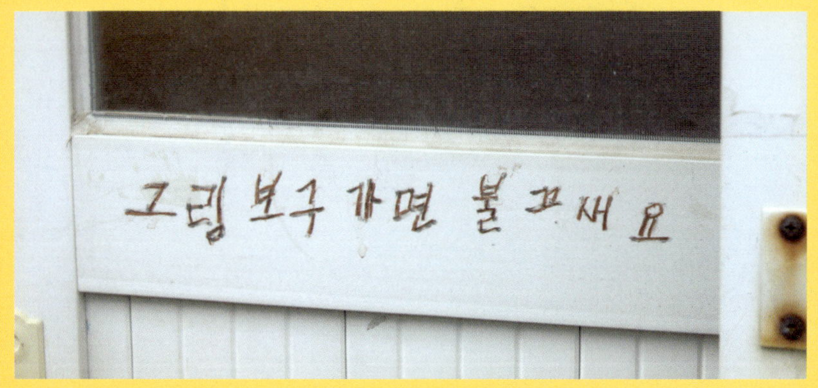
그림보구 가면 불 꺼새요

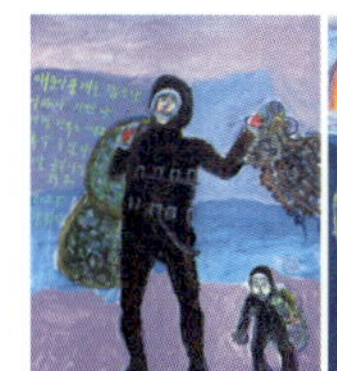 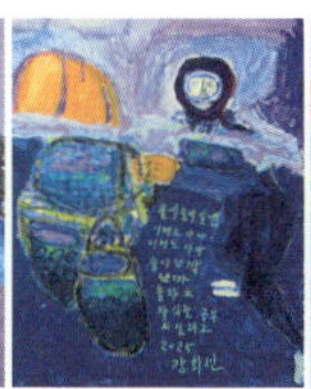 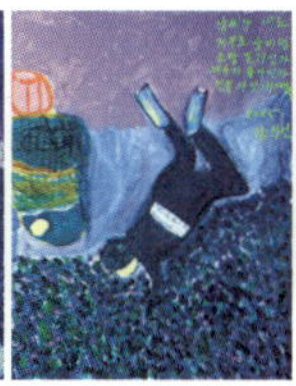 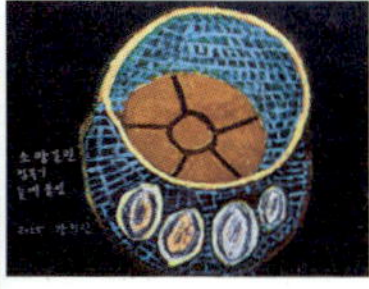 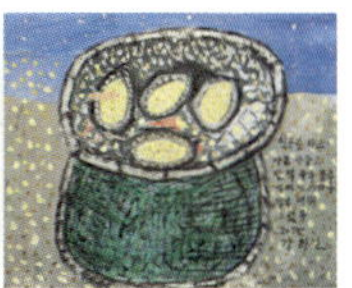

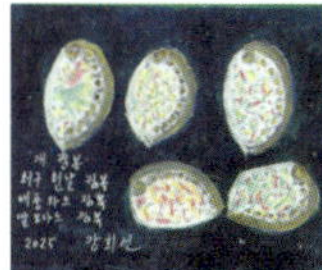 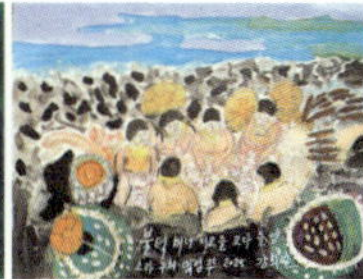 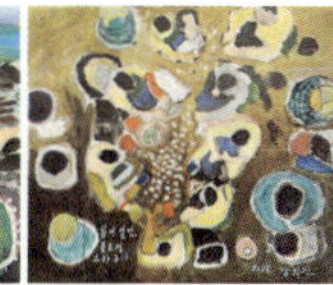 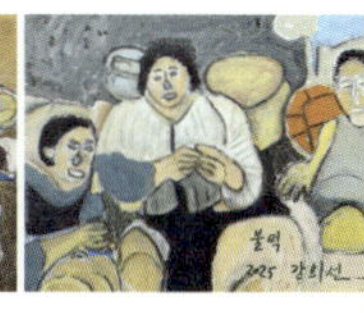 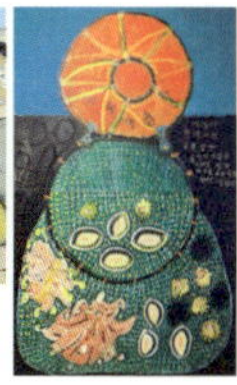

소막할망 강희선, 〈뭉개를 잡으난 얼마나 기쁘냐〉, 캔버스에 아크릴, 2025
소막할망 강희선, 〈숨이 또깍 또까〉, 캔버스에 아크릴, 2025
소막할망 강희선, 〈전복 다섯 개 때주〉, 캔버스에 아크릴, 2025
소막할망 강희선, 〈소망일민 점복이 돌에 붙언〉, 캔버스에 아크릴, 2025
소막할망 강희선, 〈탄핵 뉴스와 전복 네 개〉, 캔버스에 아크릴, 2025
소막할망 강희선, 〈점복 다섯 개〉, 캔버스에 아크릴, 2025
소막할망 강희선, 〈불턱 해녀 이모들〉, 캔버스에 아크릴, 2025
소막할망 강희선, 〈불초멍 소라 구이〉, 캔버스에 아크릴, 2025
소막할망 강희선, 〈불턱〉, 캔버스에 아크릴, 2025
소막할망 강희선, 〈어멍이 한 망사리 솜뿍〉, 캔버스에 아크릴, 2025

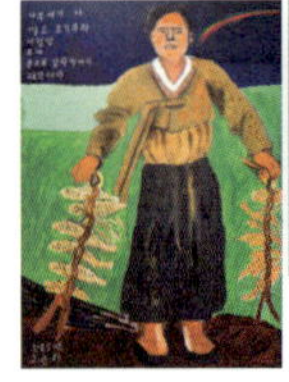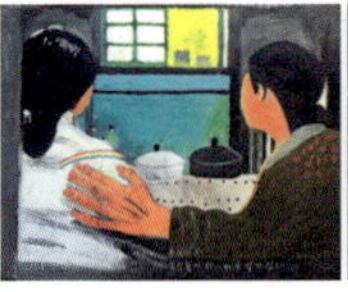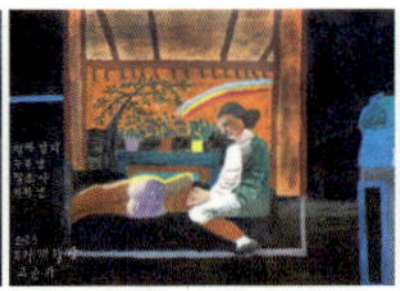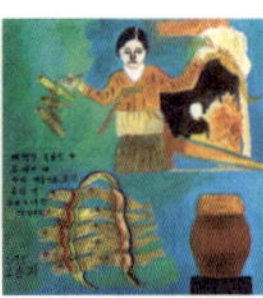
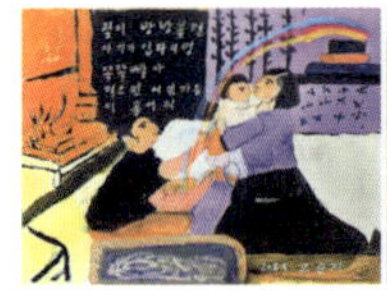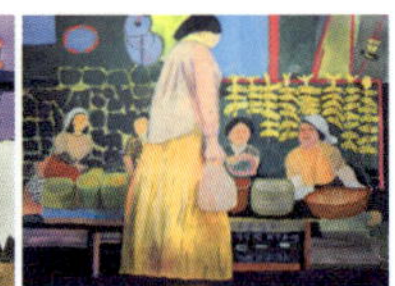

무지개할망 고순자, 〈딸도 조기 주라〉, 캔버스에 아크릴, 2025
무지개할망 고순자, 〈울지 마라〉, 캔버스에 아크릴, 2025
무지개할망 고순자, 〈엄마 앞피 누우난〉, 캔버스에 아크릴, 2025
무지개할망 고순자, 〈어멍이 용심이 나〉, 캔버스에 아크릴, 2025
무지개할망 고순자, 〈젖이 방방 불면〉, 캔버스에 아크릴, 2025
무지개할망 고순자, 〈오늘 잡은 싱싱한 괴기우다〉, 캔버스에 아크릴, 2025

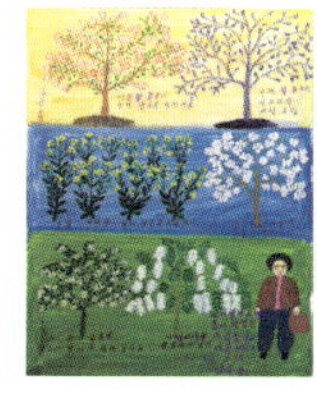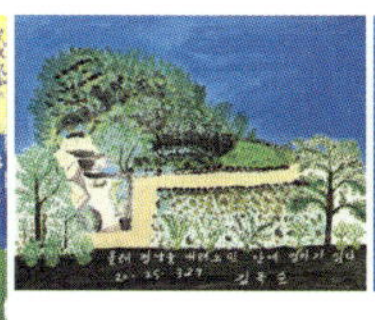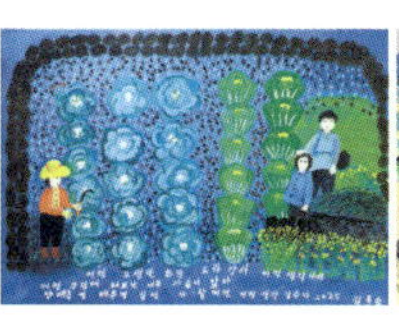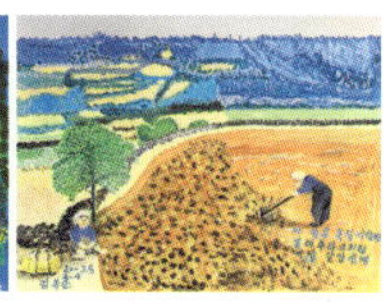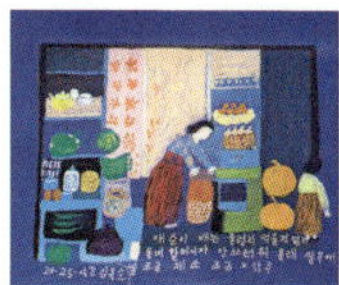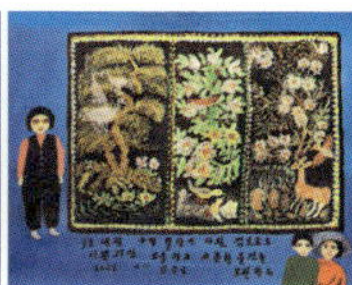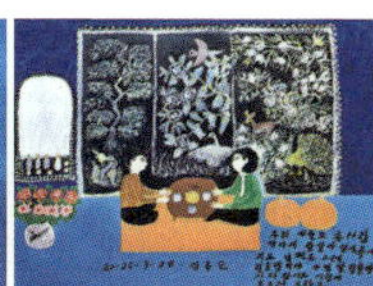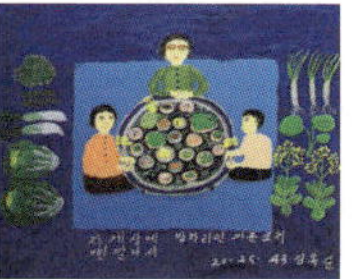

우영팟할망 김옥순, 〈내가 살아오면서 봄이 된 것은〉, 캔버스에 아크릴, 2025
우영팟할망 김옥순, 〈올레 정낭을 내려노민〉, 캔버스에 아크릴, 2025
우영팟할망 김옥순, 〈어멍 무덤에 와보난〉, 캔버스에 아크릴, 2025
우영팟할망 김옥순, 〈소처럼〉, 캔버스에 아크릴, 2025
우영팟할망 김옥순, 〈배는 불렀지 먹을 건 없지〉, 캔버스에 아크릴, 2025
우영팟할망 김옥순, 〈35년 전 보물창고〉, 캔버스에 아크릴, 2025
우영팟할망 김옥순, 〈자개장〉, 캔버스에 아크릴, 2025
우영팟할망 김옥순, 〈자개상에 밥 차리민〉, 캔버스에 아크릴, 2025

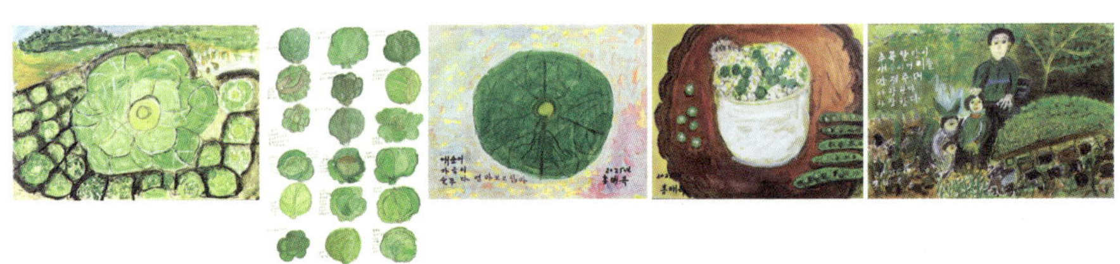

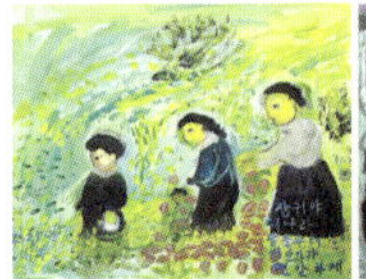
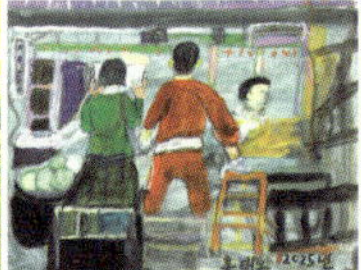
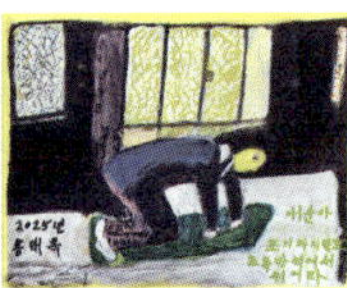
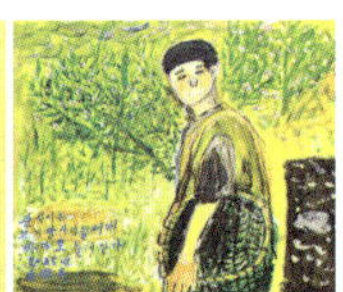

초록할망 홍태옥, 〈양배추〉, 캔버스에 아크릴, 2025
초록할망 홍태옥, 〈양배추 연작〉, 종이에 드로잉, 2025
초록할망 홍태옥, 〈양배추 속 마음〉, 캔버스에 아크릴, 2025
초록할망 홍태옥, 〈보리콩〉, 캔버스에 아크릴, 2025
초록할망 홍태옥, 〈사랑한다 사랑한다〉, 캔버스에 아크릴, 2025
초록할망 홍태옥, 〈잡귀야 떠나라〉, 캔버스에 아크릴, 2025
초록할망 홍태옥, 〈이거슨 소리 없는 아우성〉, 캔버스에 아크릴, 2025
초록할망 홍태옥, 〈초록 방석〉, 캔버스에 아크릴, 2025
초록할망 홍태옥, 〈망사리〉, 캔버스에 아크릴, 2025

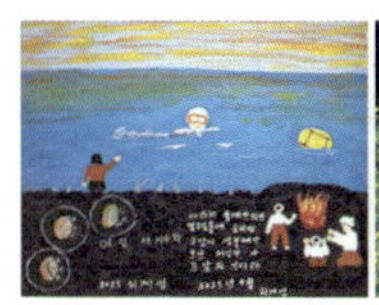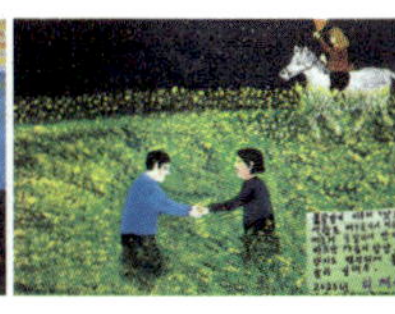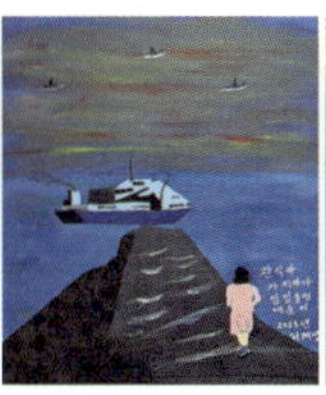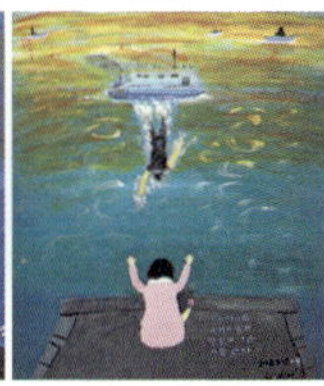

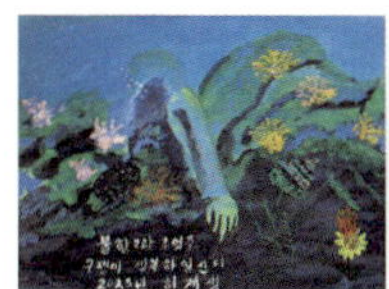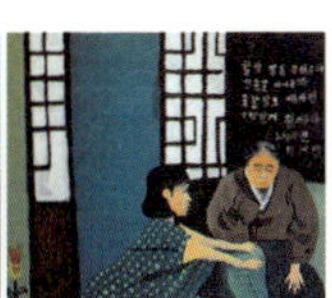

불할망 허계생, 〈어멍 재기 나와〉, 캔버스에 아크릴, 2025
불할망 허계생, 〈사랑은 어두운 디서 이루어지는 거〉, 캔버스에 아크릴, 2025
불할망 허계생, 〈가지 마〉, 캔버스에 아크릴, 2025
불할망 허계생, 〈막 희여 오라〉, 캔버스에 아크릴, 2025
불할망 허계생, 〈구쟁이 생복 하영〉, 캔버스에 아크릴, 2025
불할망 허계생, 〈할망 돈〉, 캔버스에 아크릴, 2025

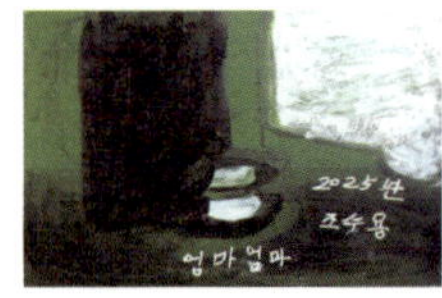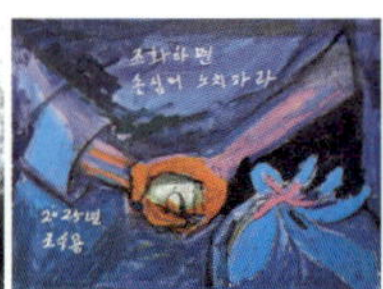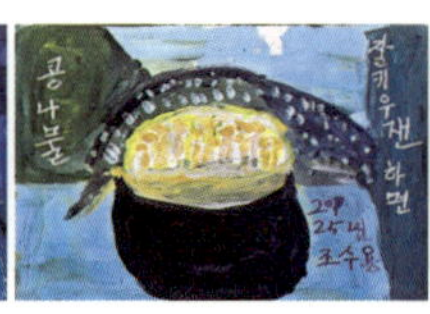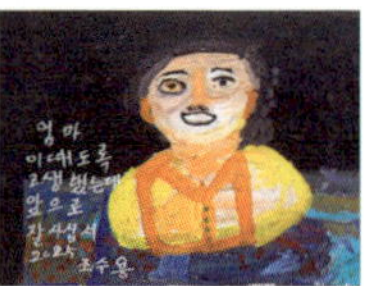

우라차차할망 조수용, 〈엄마 엄마〉, 캔버스에 아크릴, 2025
우라차차할망 조수용, 〈조화하면 손심어 노치 마라〉, 캔버스에 아크릴, 2025
우라차차할망 조수용, 〈콩나물〉, 캔버스에 아크릴, 2025
우라차차할망 조수용, 〈엄마 이때도록〉, 캔버스에 아크릴, 2025

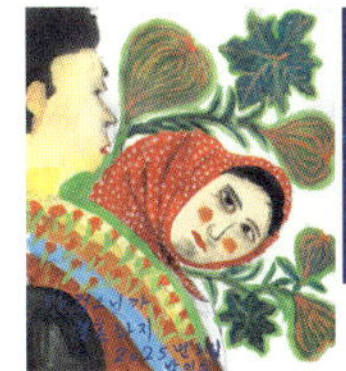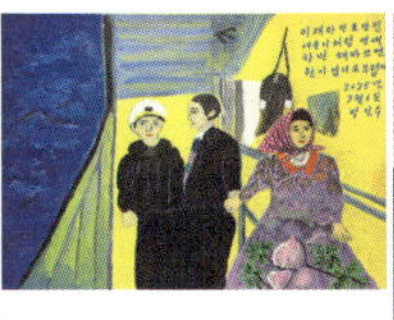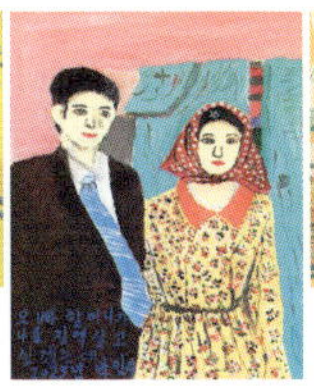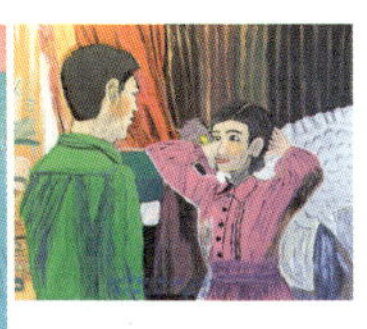

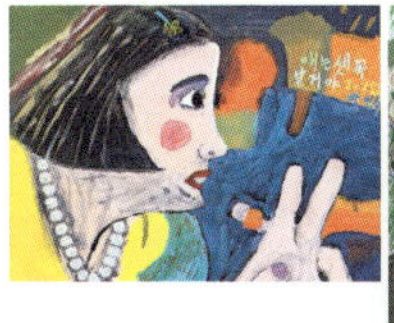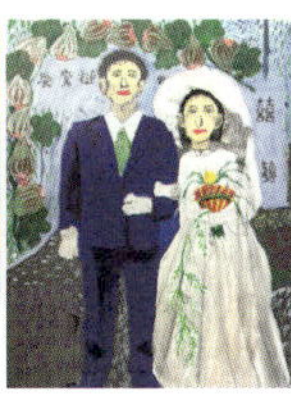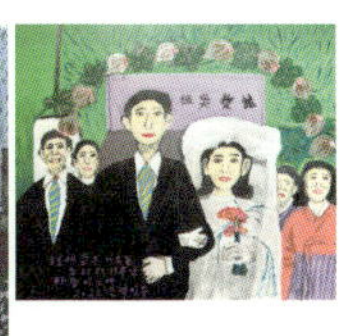

무화과할망 박인수, 〈다 컸으니까 결혼하지Ⅰ〉, 캔버스에 아크릴, 2025
무화과할망 박인수, 〈다 컸으니까 결혼하지Ⅲ〉, 캔버스에 아크릴, 2025
무화과할망 박인수, 〈오빠 할머니가 나를 징역 살고 싶겠는데〉, 캔버스에 아크릴, 2025
무화과할망 박인수, 〈머리 올린 게 나아?〉, 캔버스에 아크릴, 2025
무화과할망 박인수, 〈애는 셋 꼭〉, 캔버스에 아크릴, 2025
무화과할망 박인수, 〈마음이 너미 떨려〉, 캔버스에 아크릴, 2025
무화과할망 박인수, 〈이웃들 들러리〉, 캔버스에 아크릴, 2025

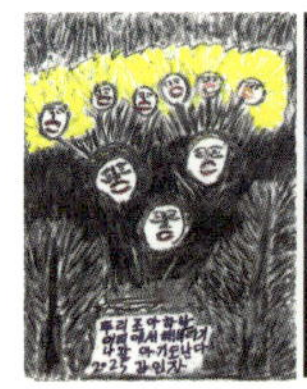 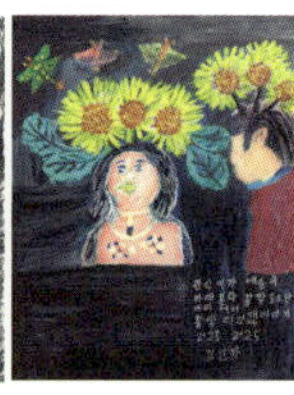 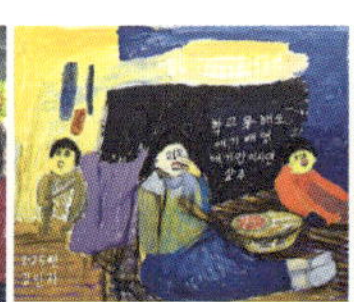 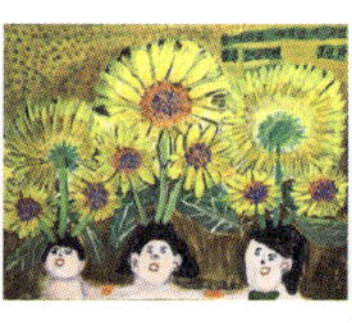 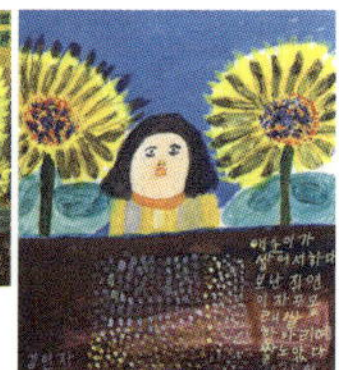

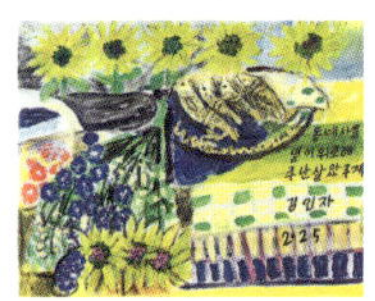

고목낭할망 김인자, 〈두리 조아하난 머리에서 해바라기 나완〉, 캔버스에 드로잉, 2025
고목낭할망 김인자, 〈해바라기 활싹 피었다〉, 캔버스에 아크릴, 2025
고목낭할망 김인자, 〈학교 못 해도 애기 배영〉, 캔버스에 아크릴, 2025
고목낭할망 김인자, 〈돈 어서도 애기만 이시민〉, 캔버스에 아크릴, 2025
고목낭할망 김인자, 〈쌀 어서〉, 캔버스에 아크릴, 2025
고목낭할망 김인자, 〈동네 사람들이 위로해주난 살았주게〉, 캔버스에 아크릴, 2025

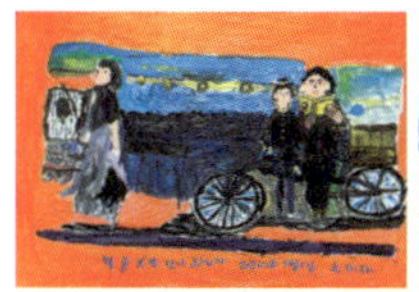 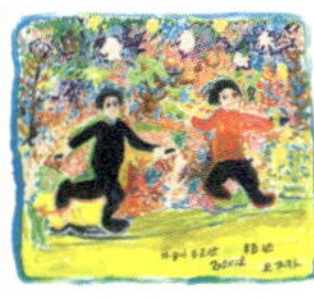 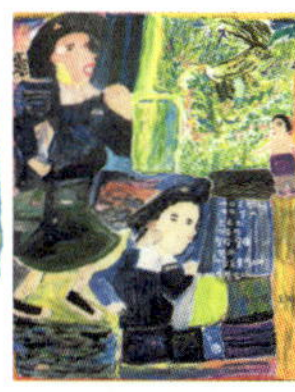 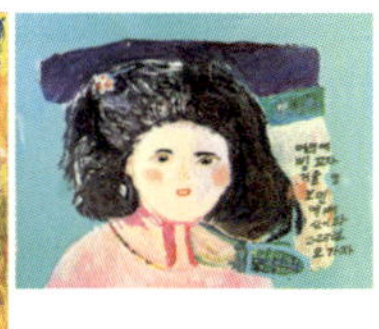

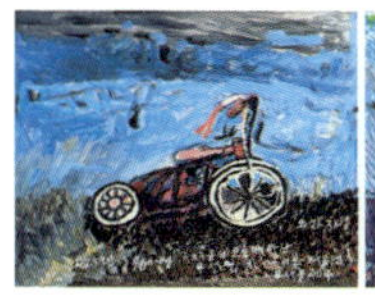 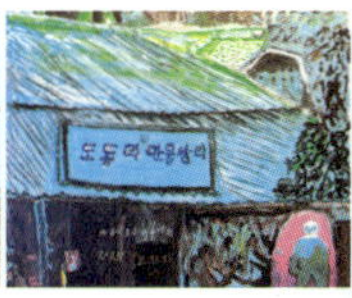 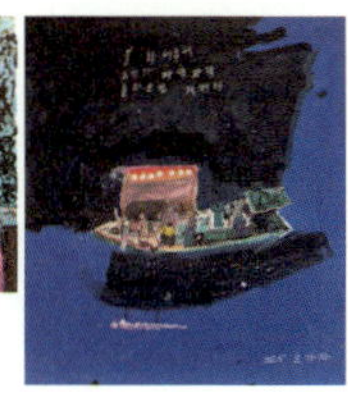

신나는할망 오가자, 〈책을 보민 신이 와신가〉, 캔버스에 아크릴, 2025
신나는할망 오가자, 〈가슴이 두근반두근반〉, 캔버스에 아크릴, 2025
신나는할망 오가자, 〈어디로 뛰나 내가 알아〉, 캔버스에 아크릴, 2025
신나는할망 오가자, 〈머리에 삥 꼬자〉, 캔버스에 아크릴, 2025
신나는할망 오가자, 〈세발자전거〉, 캔버스에 아크릴, 2025
신나는할망 오가자, 〈동네 동네 만물센터〉, 캔버스에 아크릴, 2025
신나는할망 오가자, 〈불 확 비추어 고기가 파닥파닥〉, 캔버스에 아크릴, 2025